Wally Eichhorn-Nelson

Der betrogene Teufel

Illustrationen von Klaus Müller

Der Kinderbuchverlag Berlin

Wally Eichhorn-Nelson

Der betrogene Teufel

Sagen aus Thüringen

ISBN 3-358-00059-1

Der Geisterhirsch

Wenn die Zeit der langen dunklen Nächte begann und die Adventsstürme über die Berge brausten, dann fanden sich die Leute in den Walddörfern in der »Lichtstube« zusammen. Damit war ein Raum in dem jeweiligen Haus gemeint, der für alle Licht und Wärme spendete.

Diese Lichtstube besuchte man also reihum, so daß jeder einmal an die Reihe kam. Gewöhnlich wurde zu dem Licht auch noch etwas anderes gespendet, etwa ein Gläschen selbstgemachter Heidelbeerwein oder ein kräftiger Schlehenschnaps für die Männer und ein Schälchen Kaffee oder frische Kartoffelstriezel für die Weiblichkeit. Die Frauen saßen am Spinnrad oder strickten, und die Männer schmauchten ihr Pfeifchen. Dabei wurde dies und jenes erzählt, uralte Geschichten, die die Leute noch von ihren Großeltern erfahren hatten. Von bösen und guten Waldgeistern ging die Rede, von seltsamen Erscheinungen und Umgängern, die um schlimmer Taten willen auch im Tod keine Ruhe finden konnten und gerade in solch finsteren Nächten die Menschen schreckten. Auf diese Weise vererbte sich so manche Sage von Mund zu Mund – auch die vom Geisterhirsch am Falkenstein.

Da soll im ehemaligen Lauensteiner Jagdgebiet, im Falkensteiner Wald, ein Forsthaus gestanden haben. Längst hat der Wald alles, was man ihm einst abrang, wieder in Besitz genommen, Hausplatz, Hof und Garten. Auch der ehemalige Brunnen ist nur noch eine Lache, in der die Quelle verrinnt, die ihn früher speiste. Hohe Fichten und Tannen ragen zwischen zerfallenem Gemäuer, das von Buschwerk und Waldgras überwuchert ist. Gewaltige Buchen breiten ihre Äste, und ein uralter Ahornbaum steht auf dem einstigen Hofplatz. Sein Stamm ist hohl, und der Steinkauz wohnt darin, wohl auch die Waldohreule. Ihr greller Ruf und das jammernde Wimmern des Käuzchens dringen im Abenddämmern und im Morgengrauen oft bis hinauf zum Rennsteig. Um Mitternacht aber soll sich in Vollmondnächten ein starker Hirsch zeigen, der aus der Wasserlache trinkt. Es sollen ihm schon viele Jäger aufgelauert haben, gute Schützen, die schwuren, daß sie ihn aufs Blatt getroffen hätten. Jedoch stets verschwand das Tier lautlos, ohne eine Schweißfährte zu hinterlassen. Da verbreitete sich die Mär, daß der Hirsch kein Geschöpf aus Fleisch und Blut sei, sondern ein Geisterwesen. Eine greise Bergbäuerin wußte auch eine alte Geschichte um ihn und um den verrufenen Platz im Walde.

In jenem Forsthaus wohnte einst ein herrischer, finsterer Förster, der keine Kinder hatte. Als seine Frau, noch in guten Jahren, gestorben war, ließ er eine entfernte Verwandte, ein früh verwaistes junges Ding, als dessen Vormund er bestellt war, zu sich kommen, damit sie ihm das Hauswesen in Ordnung hielt. Im Haus lebte auch ein junger Jagdgehilfe, ein tüchtiger Heger und der beste Schütze im weiten Umkreis. Dies aber erfreute seinen Herrn nicht, vielmehr neidete ihm der Förster sein Können, seine sichere Hand, sein scharfes Auge und seine schier unfehlbare Treffsicherheit. Es behagte ihm auch nicht, wenn man den Burschen vor ihm rühmte, denn bisher war er der beste Schütze hier in den Bergen gewesen. Und je mehr sich die Menschen der Gegend dem freundlichen Jägerburschen zuneigten, um so schroffer gebärdete sich sein Herr gegen ihn und gab ihm für die geringsten Verfehlungen die härtesten Verweise.

Er verklagte ihn, wann er nur konnte, beim Wespensteiner Burgherrn, in dessen Dienst sie beide standen. Der aber nahm diese Angebereien nicht ernst, denn auch er mochte den frischen, gewandten Burschen gern. Darum vertiefte sich der Groll des Försters gegen seinen Gehilfen noch mehr.

Hinzu kam bald noch ein anderes. Die junge Schaffnerin im Forsthaus und der Jägerbursch fanden Gefallen aneinander. Doch auch der Förster, noch nicht zu alt, um Weib und Kinder zu haben, sah seine Verwandte gern und dachte längst daran, sie zur Frau zu nehmen. Aber als er sie fragte, gestand sie, daß sie schon dem Forstgehilfen versprochen sei.

»So«, der Förster lachte zornig, »da hab ich wohl auch noch ein Wörtchen mitzureden! Du bist noch unmündig und mein Mündel, vergiß das nicht. Außerdem kann der junge Mann keine Frau ernähren, noch weniger einen ordentlichen Hausstand gründen. Dazu muß er erst etwas werden!«

Das Mädchen war bei den Worten ihres Vormundes rot und blaß geworden.

»Wir wollen ja auch gern warten, bis der Graf eine Waldhüterstelle für ihn frei hat«, sagte sie leise und fügte mit einigem Stolz hinzu: »Daß er sie versehen kann, ist wohl gewiß.«

Solche Rede steigerte nur den heimlichen Ärger des Försters, und er erwiderte barsch: »Das soll er erst beweisen – und unter meiner Aufsicht. Ich steh ihm vor, und der Herr richtet sich nach meinem Wort.«

Von diesem Tag an ließ es ihm keine Ruhe mehr. Er wollte dem Burschen jede Aussicht auf ein eigenes Revier verderben. In schlaflosen Nächten reifte in ihm ein böser Plan. Er ging zu einem alten Weib, das um allerlei heimliche und böse Künste wissen sollte, und beriet sich mit ihr.

In der folgenden Zeit zeigte sich in des Försters Revier, droben am Kamm des Gebirges, ein ausnehmend schöner und stattlicher Hirsch, ein Sechzehnender, wie es ihn hier selten gab. Als der Wespensteiner davon erfuhr, wollte er durchaus sein Geweih besitzen. Damit hatte der Förster gerechnet. Geschickt brachte er den Grafen dahin, daß er befahl, der Jägerbursche solle den Hirsch schießen. Bringe er das Geweih, so werde er bald sein eigenes Revier haben und Förster werden.

Mit Feuereifer machte nun der Gehilfe den Wechsel des Wildes aus, saß halbe Nächte auf dem Anstand, schoß auch und hätte schwören mögen, daß er getroffen hatte – aber unverletzt ging das Tier stets in hohen Fluchten ab.

Der Förster unterließ indessen nicht, den Wespensteiner darauf hinzuweisen, daß der Bursche eben doch nicht der sichere Schütze sei, als den man ihn rühmte. Das hatte zur Folge, daß der Herr dem jungen Jäger recht ungehalten befahl, endlich seine Schießkunst zu beweisen, sonst würde er ihn nie zu seinem Waldhüter machen – und, wenn er das Geweih nicht bald bringe, ihn entlassen.

Betrübt und am Ende fast verzweifelt über sein stetes Ungeschick, wanderte der Bursch über den Kamm des Gebirges zu seinem Oheim, einem alten Glasmeister, und klagte ihm sein Leid. Der erfahrene Mann fragte hin und her, überlegte und meinte dann, daß ihm die ganze Sache nicht geheuer vorkomme – da sei gewiß ein Zauber dabei. Und diesen könne man nur zerstören mit einer gläsernen Kugel. Die wollte er gern gießen für den Neffen, und er solle um die Mitte der nächsten Vollmondnacht zu ihm in die Glashütte kommen. Also geschah es auch, und mit dieser gläsernen Kugel sollte der Junge nun auf den Hirsch schießen, dann werde sich erweisen, was dahintersteckte.

Als in der nächsten hellen Nacht der junge Jäger neben dem Glasmeister auf dem Anstand sitzt, erscheint wieder der gewaltige Hirsch. Ohne zu sichern, tritt er aus und schreitet gravitätisch und furchtlos über die mondhelle Waldblöße – so recht zum Hohn für den Schützen.

Doch dieser ließ sich nicht verblüffen, hob das Gewehr mit ruhiger Hand, zielte scharf und schoß. Da stürzte das Tier noch im Feuer zusammen und blieb reglos liegen. Als der Jäger hinzusprang, sah er entsetzt, daß er keinen Hirsch, sondern einen Menschen erschossen hatte.

Es war der Förster, der in seinem Blute lag.

So hatte der böse Mensch sich selbst gerichtet, als er mit Zauberkünsten in Gestalt eines Hirsches dem jungen Jägerburschen Schaden bringen wollte. Nun geistert er ruhelos durch die nächtlichen Wälder.

Frau Holles Geschenk

Zwischen Weihnacht und Neujahr ging einmal eine junge Magd von Spechtsbrunn über die Höhe des Rennsteigs heimwärts zu ihren Eltern, armen Kohlenbrennern, um die Wende des Jahres mit ihnen zu erleben. Zum Fest hatte ihr der Bauer keinen Urlaub gegeben, und nun wollte sie ihnen ihre kleinen Geschenke, ein Stückchen Speck und ein Töpfchen Schmalz, bringen, herrschte doch zur Winterszeit immer Not im Köhlerhaus.

Es war schon fast Nacht, doch der Schnee leuchtete hell, und das Mädchen hatte keinen Grund, sich zu fürchten. Viele Gedanken beschäftigten sie. Trübe sah sie in das neue Jahr, würden doch ihre Ersparnisse wieder nicht reichen, um die Aussteuer an Wäsche kaufen zu können, weil gewiß die Eltern von dem Geld brauchten – wie so oft schon in den kargen Zeiten der Waldleute.

Zu Ostern wollte sie heiraten, einen Hammerschmiedegesellen im Lichtetal. Wie eifrig hatte sie schon für die Hochzeit gespart – doch es war noch zuwenig, und wer weiß, wie lange das noch so gehen mochte...

Als sie all das betrübt überdachte, sah sie plötzlich mitten auf dem Weg ein altes Weibchen, sich arg plagend, an einem Bündel dürrer Äste ziehen. Es keuchte dabei und blieb immer wieder erschöpft stehen, um dann aufs neue das bißchen Brennholz mühevoll weiterzuschleppen. Dabei hatte es nicht einmal ein Tuch um den Kopf bei der Kälte, das mochte ja einen Stein erbarmen!

Gewohnt zuzufassen, war die junge Magd gleich bei der Alten und nahm ihr die Schnur aus der froststarren Hand.

»Kommt nur, Großmutter, das kann ich besser – und am Ende haben wir sogar den gleichen Weg.«

»Kann sein«, brümmelte das Hutzelweiblein, wickelte seine frierenden Hände in die Schürze und schlurfte mit dicken Flickenschuhen neben dem Mädchen her.

Als sie oben auf dem Kamm angekommen waren, blies der Wind von allen Seiten. Da nahm das Mädchen ihr Tuch, das sie um Kopf und Schultern trug, und gab es der Alten. Die huschelte sich eilig hinein und ging weiterhin stumm und armselig neben der Jungen her. Und plötzlich stand am Wegrand ein winzig Häuschen, an das sich die Magd nicht erinnern konnte, obgleich sie doch die Gegend gut kannte. Gerade wollte sie danach fragen, da murmelte das Mütterchen einen Dank und bat zugleich um das Kopftuch. Es sei so schön warm, und sie möchte es behalten. Zwar tat es dem Mädchen leid um ihr Tüchlein, sie war ja selbst arm, aber dann dachte sie, daß so ein altes Weiblein gewiß mehr fror als sie, und nickte freundlich.

Da griff die Alte in ihre zerschlissene Kleidertasche, holte ein weißes, festgerolltes Bündel heraus und drückte es ihrer Begleiterin in die Hand.

»Hier, Kind, ein bißchen Tuch für Hemd und Bettzeug«, brummelte sie und war im Nu in dem seltsam stillen und dunklen Häuschen verschwunden.

Die junge Magd ging weiter und mußte in aller Trübsal beinahe lachen: Ein Hemd von dem Stückchen Tuch! Aber als sie es daheim aufrollte, nahm es kein Ende und war feinstes, schneeweißes Linnen. Sie mochte noch soviel abschneiden für Hemden, Kittel und Bettwäsche, es blieb stets ein Rest, so daß sie ihre ganze Aussteuer davon nähen konnte und ihr Leben lang Linnen genug hatte. Da wußte sie, wen sie im Wald getroffen hatte und daß die Leinenrolle eine Brautgabe der guten Frau Holle war für des Mädchens Mitleid und Güte.

Der Köhlerhof

Über Gräfenthal, einem Thüringer Bergstädtchen, gab es vorzeiten ein einsames Gehöft, der Köhlerhof genannt. Weite Felderbreiten umgaben das Haus, und saftgrüne Wiesenhänge zogen sich hinab bis in die Bachtäler. All das gehörte einem ehemaligen Kohlenbrenner.

Dies zu hören ist gewiß verwunderlich, denn jedermann weiß, daß die Köhler gewöhnlich arme Leute waren, die nur mit viel Mühe und Fleiß sich und ihre meist sehr große Familie gering genug ernähren konnten. Aber dem Besitzer des Köhlerhofes verhalfen ein seltsamer Zufall, sein gutes Herz, sein rascher Verstand und nicht zu-

letzt seine und seiner Kinder rastlose Arbeit zu dem schönen Gut. Und das geschah so:

Einst ritten die Lauensteiner Herren und ihr Gefolge mit Hussa und Hallo zur hohen Jagd auf Hirsch und Bär hinauf in die weiten Wälder um den Kamm des Gebirges. Dabei sichtete der junge Sohn des Burggrafen einen starken Hirsch, der das herrlichste Geweih trug. Toll vor Jagdleidenschaft verfolgte der Jüngling das Tier über Berg und Tal, ohne darauf zu achten, daß er sich von den anderen Jägern entfernte und in unbekanntes Gebiet geriet. Erst als er vom wilden Ritt erschöpft den Hirsch doch nicht zur Strecke brachte und weder das Geläut der Meute vernahm noch den Ruf des Jagdhorns, besann er sich auf seine Rückkehr. Aber woher war er gekommen? Die Umgebung schien ihm völlig fremd, und er irrte auf und ab im wilden Forst, bis es zu dunkeln begann, und hatte noch keinen Weg gefunden.

Da stieg er von seinem müden Pferd und ging zu Fuß, das Tier hinter sich am Zügel führend, um beim Ritt im Finstern nicht etwa von dürren Ästen verletzt zu werden. Auf einmal wich der Boden unter seinen Füßen, und er stürzte in eine tiefe Wolfsgrube. Zum Glück riß ihm das sich vor Schreck aufbäumende Pferd die Zügel aus der Hand, so daß es nicht auf ihn fiel, sondern sich eben noch zurückstemmen konnte und zitternd und schnaubend am Rande der Grube stand. Der junge Graf aber vermochte sich nicht mehr aufzurichten, denn sein Bein schmerzte heftig.

In seiner Not begann er laut um Hilfe zu rufen, obgleich er keine große Hoffnung hatte, daß ihn hier im tiefen Wald, fern von bewohnten Orten, jemand hören könnte. Dennoch ließ er nicht nach, bis er – heiser vom Schreien – nur noch jammernd zu stöhnen vermochte.

Es hatte ihn aber doch einer gehört. Der Köhler Andreas, der ein Stück weiter, droben am hier breit gelagerten Gebirgskamm, seine Hütte hatte und zur Nacht am Meiler saß. Er weckte seinen ältesten Sohn, einen Jungen von fünfzehn Jahren, damit er auf den Meiler achte. Tat man das nicht mit großer Sorgfalt, so konnte das Feuer durchbrennen, und die ganze Arbeit vorher war umsonst, da dann alles Holz zu Asche verbrannte, anstatt sachte zu verkohlen.

So gab er dem Jungen die Stange in die Hand und lief eilig in den Wald, den fernen Lauten nach. Da inzwischen der Mond aufgegangen war, kam er rasch vorwärts, und bald fand er auch die Wolfsgrube mit dem stöhnenden Menschen darin.

Es war selbst für den kräftigen Köhler nicht leicht, den Gestürzten aus der Tiefe zu holen. Er ließ sich an einem gebrochenen Stamm hinunter, stemmte den Jüngling über den Rand des Loches hinauf und kletterte dann selbst wieder mit Hilfe des Stammes heraus.

Den vor Schmerzen, Hunger und Durst halb ohnmächtigen Jäger lud er sich auf seinen Rücken und trug ihn auf schmalen Steigen zu seiner Hütte. Das Pferd lief ihm von selbst nach.

Erst als der Verletzte auf einem Mooslager in der Hütte ruhte, erquickt mit frischem Quellwasser und einer Schale Haferbrei, und der Köhler das gebrochene Bein des Jünglings auf ein schmales Brett gebunden hatte, erfuhr er, daß er den Erben seines Herrn gerettet hatte. Das mußte er sofort auf der Burg melden. Andreas schickte seinen Jungen hinüber zum Lauensteiner, damit er berichte, wo der junge Herr liege.

Und kaum daß die Sonne aufgegangen war, zogen auch schon die Dienstleute den Fahrweg zum Kohlenmeiler herauf, mit einer bequemen Trage für den Verletzten, voran auf seinem Leibroß der Lauensteiner.

Der war den gestrigen Abend, seit der junge Graf vermißt worden war, und die ganze Nacht in verzweifelter Angst und Sorge um den einzigen Sohn gewesen, daß er seinen Leuten geschworen hatte, wer ihm den Verirrten bringe, der solle von ihm haben, was er sich nur wünsche.

Doch da der Vater den Sohn nun wiederhatte, reute ihn schon, was er für seine Rettung gelobt – und außerdem wußte der Waldmensch ja gar nichts davon. Also würde auch eine Gabe genügen, die der Graf selbst bestimmte. Und da der Herr über Wald und Land sah, daß der Kohlenbrenner nur ein kleines Stück Acker- und Wiesenland hinter seiner Hütte auf der Hochebene des Gebirgskammes besaß, zeigte er sich großmütig und versprach vor allen Leuten bei seinem Ritterwort, daß der Retter seines Sohnes von ihm so viel Land erhalten solle, wie er an einem Tag mit einem Paar Ochsen umzupflügen schaffe. Pflug und Ochsen wolle er ihm noch dazuschenken.

Die Dienstleute sahen sich verstohlen untereinander an und dachten daran, was der Herr in seiner Angst noch vor ein paar Stunden an Geld und Gut hatte opfern wollen für das Leben seines Sohnes und was jeder von ihnen gefordert hätte. Da hatte der Graf ja Glück mit dem einfältigen Waldmenschen!

Jedoch, ganz so dumm, wie sie dachten, war der Köhler nicht.

Er ließ sich am glimmenden Meiler, wo er Zeit zum Denken hatte, bis die Lauensteiner Ochsen mit der Pflugschar ankamen, das Versprechen des Grafen durch den Kopf gehen. Da schau, ein Paar Ochsen und ein Stückchen Ackerland für das Leben seines Erben. War das dem Ritter so billig? Nun, er, der Andreas, schätzte das Leben des Herrensohnes höher ein! Das sollte der Lauensteiner bald erfahren.

Schon am nächsten Tag führte ein Burgknecht das versprochene Gespann zur Hütte des Köhlers. Er hatte die Weisung, auch anderntags noch zu bleiben, zur Aufsicht, damit Andreas nicht etwa länger als einen Tag umpflüge.

Mit Sonnenaufgang begann nun der Köhler eine Furche zu ziehen, wendete aber nicht nach einer üblichen Ackerlänge, wie der Knecht gedacht – und der Herr gemeint –, sondern pflügte stracks weiter am Rande der Hochebene und des herrschaftlichen Weidelandes entlang talab, am Fuße der Sommerleite hin und endlich wieder sacht aufwärts, ohne zu ruhen, im weiten Kreis auf sein geringes Besitztum zu, bis endlich, als die Sonne wie eine rotglühende Scheibe im Abenddunst über den schwarzen Bergen hing, der Kreis geschlossen war und das Ende der letzten Furche in den Anfang der ersten überging.

So erschöpft der Knecht war und so erstaunt über des Waldmenschen Pfiffigkeit, er freute sich insgeheim, daß der hohe Herr von einem einfachen Kohlenbrenner überlistet worden war. Denn er mußte zu seinem Wort stehen, der Lauensteiner, hatte er doch vor seinen Dienstleuten gelobt, das Land, das der Köhler an einem Tag umpflügen könne, gehöre ihm, bei seiner Ritterehre. Also mußte er's dabei belassen, so sauer es ihn auch ankam.

Andreas aber und seine heranwachsenden Kinder bearbeiteten mit großem Fleiß die Felder, rodeten einen Teil des Waldes dazu, errichteten nach und nach Haus und Stall und Scheune. Kinder und Kindeskinder des Köhlers lebten lange Jahre glücklich und zufrieden auf dem Köhlerhof.

Nun sind Jahrhunderte darüber hingegangen. Im Lauf

der Zeiten nahm der Wald langsam wieder Besitz von dem ihm einst abgerungenen Land. Immer weiter rückte er vor, da keiner ihm mehr wehrte, und umschloß bald das einsame, verfallene Haus.

Nichts blieb zuletzt von allem Feld als Viehweiden und Waldwiesen, und von den Gebäuden verstreute Mauerreste, längst überwuchert von Brombeer- und Waldholundersträuchern. Die Nachkommen des Köhlers Andreas haben wohl noch alte Anrechte auf Wiesen und Weideland, aber sie wohnen längst in den Taldörfern. Das Leben ist leichter geworden als damals, da Land und Wald noch Herrengut waren und sogar die Menschen mit Leib und Leben. Und so gehört die Geschichte des klugen Andreas und des Köhlerhofes schon lange ins Reich der Sage.

Wein aus dem Burgkeller

Es war einmal ein Flickschuster, reich gesegnet mit Kinderlein, aber gering mit Kreuzern und Batzen, geschweige denn mit Dukaten. Er nährte sich und die Seinen dennoch recht und schlecht mit seinem Handwerk, weil er gar fleißig nähte und klopfte von früh bis spät, und war trotz vieler Arbeit und geringem Verdienst ein fröhlicher und gutmütiger Mensch geblieben.

Nun war ihm das neunte Kindlein geboren worden und das übliche Tauffest nicht zu umgehen, dieweil man ja die Gevattern zum Schmause laden mußte. Dies geschah auch, und der gute Mann gab, was er hatte, verschenkte auch seinen selbstgekelterten Wein bis zum letzten Tropfen. Aber noch hatten die Gäste keine Lust zu gehen, obgleich Mitternacht nahe war. Da sagte der lustige Kindsvater augenzwinkernd zu seiner ältesten Tochter, einem kaum fünfzehnjährigen Jüngferlein: »Alsdann, Ännchen, geh und hol Wein aus dem großen Keller.«

»Wo ist der«, fragt die Unschuld.

»Nun, wo wohl«, lacht der Schelm, »im Burgberg, wo die alten Fässer liegen noch von den Rittern her.«

Gehorsam nimmt das Kind einen mittleren Eimer und wandert in der mondhellen Nacht den Weg zur Burgruine hinaus. Findet auch den Eingang zum ehemaligen Weinkeller. Und wie es zögernd vor der verwitterten Bohlentür steht, geht die plötzlich auf, und eine alte Frau kommt heraus in seltsamer Tracht und mit einem großen Schlüsselbund am Gürtel. Sie schaut das Mädchen, als es bescheiden grüßt und dann verlegen dasteht, freundlich an und fragt: »Nicht wahr, du willst Wein holen aus unserem Keller?«

»Ja, das soll ich«, sagt die Kleine schüchtern, »aber

Geld konnt mir der Vater nicht mitgeben. Wir haben keins mehr, weil wir schon alles für den Taufschmaus verbrauchten.«

»Das macht nichts«, entgegnet die freundliche Schaffnerin, »wir haben genug Wein liegen und keine Trinker mehr dafür. Du sollst ihn umsonst bekommen. Folge mir nur.« Und sie ging voran durch einen langen, halbverschütteten Gang, Ännchen getrost in ihrer kindlichen Einfalt hinterdrein. Und bald kamen sie in einen weiten, hochgewölbten Kellerraum, an dessen Wänden viele mächtige Fässer lagen. Da nahm die Frau den Eimer des Kindes und ließ ihn voll fein duftenden Weines laufen bis an den Rand.

»So, mein Mädchen«, sagte sie, »bringe den euren Gästen, aber verrate ihnen nicht, woher er kommt, denn sie werden fragen, weil sie noch nie solch guten Tropfen getrunken haben. Nur deinem Vater darfst du es erzählen.«

Ännchen versprach zu schweigen und bedankte sich artig für die gute Gabe, worauf die greise Beschließerin gütig lächelnd sagte: »Wenn du dein Wort hältst, dann kannst du kommen, sooft ihr ein Fest im Hause habt. Aber merke, nur verschenken dürft ihr den Wein, niemals verkaufen. Umsonst bekommt ihr ihn, umsonst sollt ihr ihn weitergeben.« Und sacht schloß sich die Tür vor ihrem lieben Altfrauengesicht.

So kam es, daß der Wein, der bei den seltenen Festen des Flickschusters ausgeschenkt wurde, berühmt ward, und immer mehr Gäste stellten sich ein, sobald eine bescheidene Feier in seinem Häuschen stattfand. Darunter auch ungebetene, wie zum Beispiel der Schankwirt des Dorfes, der sich schon lange fragte, woher nur der arme Mann solch ausnehmend guten Wein habe. Den konnt er doch unmöglich bezahlen! Und weiter dachte der listige

Wirt: Ei, hätt ich von diesem herrlichen Trank, zehnfach könnt ich ihn verdünnen und dann noch teurer berechnen als meinen besten Wein. Die Quelle muß ich herauskriegen! Also kam er mit falsch lächelnder Miene und einem Geschenk für das elfte Taufkind des Schusters, setzte sich bieder zu ihm und versuchte ihm das Geheimnis seines edlen Weines zu entlocken.

Doch der pfiffige Taufvater, der ein Schelm war, schickte den neugierigen Gast auf den Holzweg. Teilte ihm unter dem Siegel der Verschwiegenheit, sich recht treuherzig dumm stellend, mit, er habe ein schier unerschöpfliches Faß geerbt von einem Onkel, der sich ebenso gut aufs Weinbauen wie auf die schwarze Magie verstanden habe, derowegen sich das Fäßlein nie ganz leere, sooft es auch angezapft würde.

Ha, das war ein Fressen für den Wirt! Hoch und teuer wollte er das Wunderfaß bezahlen. Denn, wieviel mehr konnt er aus solchem Fasse Wein und Nutzen ziehen als der Schuster, der doch kaum alle Jahr einmal ein Fest feierte. Und wieviel mehr würd diesem ein Beutel voll blanker Taler helfen. Lüstern funkelten die Wirtsaugen.

Jedoch sosehr der Listige auch den armen Schalk beschwor und bedrängte, sein Faß war ihm nicht feil, und er wandte sich lachend seinen anderen Gästen zu, den habgierigen Wirt schier in Verzweiflung allein sitzen lassend.

Als bald darauf Gläser und Krug geleert waren, rief der Gastgeber schelmisch zwinkernd seiner Tochter Ännchen zu: »Geh, Kind, hol uns Wein aus dem großen Keller!« Da hielt es den Wirt nimmer. Er wollt es wenigstens einmal sehen, das Wunderfaß; und er schlich hinter dem Mädchen her, das seinen Eimer aus der Küche holte und – schau an – nicht die Kellertreppe hinunterstieg, sondern über den Hof lief und den Weg zum Burgberg einschlug.

Da ging dem Wirt ein Licht auf. Aha – da droben lag das Zauberfaß und gehörte nicht dem armen Schlucker, dem Schalksnarren von Schuster, sondern den toten Rittern. Von ferne folgte er dem Mädchen und verbarg sich hinter den Mauerresten in der Nähe des Kellereingangs, sah auch nach einer Weile das Kind mit seinem gefüllten Eimer richtig herauskommen und behutsam bergab steigen. Nun wußte er Bescheid. Na warte, dachte er höhnisch, mein schlauer Meister Pfriem, dir wollen wir diese Quelle versiegen machen!

In der kommenden Nacht schon keuchte der Wirt mit seinem Handkarren den Burgberg hinan und stand Schlag zwölfe vor dem Gang, der zum Weinkeller führte. Da verdunkelte eine schwarze Wolke den vollen Mond, es erhob sich jach ein Sturmwind und schleuderte mit wilder Kraft den Menschen mitsamt seiner Karre empor und warf ihn über Trümmer und Mauern gleich einem Spielball und johlte und brüllte dazu wie ein ganzes Regiment von Teufeln. Dem Wirt vergingen die Sinne, und er kam erst wieder zu sich, als es ebenso plötzlich totenstill um ihn ward und er in einer tiefen Grube lag, in die nunmehr das Mondlicht ungehindert seinen sanften Schein ergoß.

Der Mann in seiner Gier dachte trotz Schrecken und Schmerzen nur an das ewig volle Weinfaß, sah sich eilig um und erblickte am Ende der Grube eine schwere Bohlentür. Überlegte, ob sie es wohl sei, die in den großen Keller führe. Sagte sich, daß alles, was ihn soeben betroffen, gewiß nur eine Probe gewesen sei und nun die Belohnung seiner harre. Erhob sich also stöhnend und halb zerschlagen, um in den vermeintlichen Weinkeller zu dringen. Noch hat er keinen Schritt getan, da öffnet sich jene Tür lautlos, und ein Mönch tritt heraus. Er ergreift den Erschrockenen und trägt ihn mit gewaltiger Kraft wie ein Kind eine steile Treppe empor. Legt ihn außerhalb des Mauerrings auf einen Haufen Steinschutt, drückt ihm schweigend ein paar Münzen in die Hand und ist jäh verschwunden.

Die Glieder sind dem Menschen nun schwer wie Blei, und nur mühsam vermag er sich zu erheben, braucht viele Stunden, bis er sich nach Hause geschleppt hat. Dort mußt er sich niederlegen und war nach drei Tagen tot. Das Geld des Mönchs reichte gerade für seine Beerdigung.

Lohn der Habgier

Es war im Dreißigjährigen Krieg, als einmal die Kaiserlichen, ein andermal die Schweden sengend und brennend durch Thüringen und Franken zogen, raubten und plünderten und Dörfer und Flecken im offenen Land verwüsteten. Wenn sich am Abend der Himmel rötete vom Brand eines Dorfes oder Gehöfts, dann krochen die Bewohner der ungeschützten Orte in Furcht und Bangen in ihre Hütten, und die Mütter flüsterten den Kindern in ihren Bettchen Verse ins Ohr, deren Dichter Angst und böse Erfahrung waren.

»Bet, Kindle, bet!
Morgen kümmt der Schwed.
Morgen kümmt der Oxenstern (Oxenstjerna),
der tut 'n Kinnerna es Bet'n lern.«

Oder:

»Kinnerla, tut schön beten,
sünst kumma fei die Schweden!
Die zünd'n unnera Häusla a
un loss'n uns gor nix mehr da.
Die schlacht'n ölla unnera Küh
un süst a jedes Stückla Vieh.«

Um jene Zeit lebte in einem Marktflecken bei Sonneberg ein reicher Mann. Er besaß neben anderem Gut auch viel Gold- und Silbergeld, das er in einer kleinen festen Truhe, die mit starken Eisenbändern versehen war, gut verwahrt hatte. Obwohl die Truhe noch mit einer langen eisernen Kette an einem eichenen Pfosten in seiner Schlafstube festgemacht war, schien dem Mann sein Schatz nicht mehr sicher. Kamen die Feinde erst einmal bis ins Haus, würden sie schon wissen, wie sie die Truhe losmachen und zu ihrem Inhalt gelangen könnten. In steten Gedanken daran vermochte ihr Besitzer kaum noch zu schlafen, und er beschloß, seinen Schatz zu vergraben.

Im Dunkel der Nacht schaffte er die Truhe mit Hilfe seiner beiden Söhne hinaus aufs Feld und buddelte sie dicht bei einer Steinrücke ein, um an ihr ein Zeichen zu haben. Von der Kette, die an der Truhe war, ließ er ein Stückchen mit dem Ring auf der Erde liegen und wälzte einen großen Stein darauf. Manchmal, wenn niemand auf dem Felde arbeitete, ging der Mann hinaus und schob und rückte an dem Stein, um zu sehen, ob der Ring sich noch darunter befand. Das war stets der Fall, und befriedigt ging der Alte wieder nach Hause.

So verging die Zeit – auf einmal war Frieden, und niemand brauchte mehr in Angstnächten wach zu liegen in Sorge um sein Leben und sein Gut. Die Kriegsleute kamen nicht mehr, um zu rauben und zu morden und friedliche Menschen zu quälen, dafür kam die Pest und raffte viele von denen dahin, die dieser ewige Krieg übriggelassen hatte.

Auch die Söhne des reichen Mannes mußten mit dem schwarzen Tod. Ganz allein und sehr alt war er nun, sein Haus halb zerstört, und so gedachte er seinen Schatz wieder zu holen. Er nahm eine Hacke und wanderte hinaus auf die Felder, wälzte mit großer Mühe den Stein zur Seite und begann zu graben; grub ein Stück der Kette aus und – fand keine Truhe.

Nach dem ersten Schrecken fiel ihm ein, daß die Schätze unter der Erde oft wandern, und voll verzweifelter Hoffnung schaufelte er nun da und dort rings auf den Äckern. Doch immer umsonst. Eines Tages fand man ihn tot neben einem Loch, die Hacke noch in den erstarrten Händen. Da er ohne geistlichen Beistand und ohne Beichte gestorben war, versagte ihm der Pfaffe der Gemeinde ein Grab auf dem Friedhof, und man legte die Leiche in die Grube, die der Tote selbst gegraben hatte. Darüber schoben die Bauern einen großen, abgerundeten Stein.

Aber der so ehrlos Verscharrte fand auch im Tod keine Ruhe und erschien, in einen langen schwarzen Mantel gehüllt und mit weißem Bart, den spät im Abenddämmer von den Feldern heimkehrenden Bauern als Umgänger. Steine warf er nach ihnen, als wolle er sie vertreiben und auch als Geist weitergraben nach seinem Schatz.

Viele Jahre später geschah es einmal, daß ein reicher, aber sehr geiziger und ebenso habsüchtiger Bauer in jener Gegend mit seinem Ochsengespann pflügte. Er hatte sein einziges Söhnchen mit aufs Feld genommen, einen etwa sechsjährigen prächtigen Buben; der spielte drüben, wo der Wald begann, am Ackerrain. Voller Stolz schaute der Bauer manchmal hinüber zu dem Kind und dachte, daß sein Sohn einmal den größten und reichsten Hof in weitem Umkreis besitzen würde, wenn er dies und jenes Ackerstück noch dazuerwerben könnte. Einstweilen freilich gehörte das Land noch anderen, aber mit ein paar Talern und ein wenig List konnte man es den Kleinhäuslern schon abnehmen. Darin kannte er sich aus, auf diese Weise hatte er seinen Besitz schon um ein Erkleckliches vergrößert.

Wie er nun so vor sich hin sinnt, schreckt ihn plötzlich ein hartes Knirschen aus seinen Gedanken auf. In der Meinung, auf einen Stein gestoßen zu sein, schlägt er wütend auf die Ochsen ein, daß sie wild den Pflug weiterreißen. Und da sieht er, daß das Glied einer Kette an der Scharspitze des Pfluges hängt und an der Kette eine eisenbeschlagene Truhe.

Gottsdonner, das ist die Schatztruhe des Umgängers!

Hastig bückt sich der Bauer, um sie hochzuziehen. In diesem Augenblick schreit sein Söhnchen gellend auf: »Die Schlange! Vater, die Schlange will mich beißen!«

Der Habsüchtige aber, in seiner Gier nach dem Schatz, eilt nicht seinem Kind zu Hilfe, sondern zerrt wie toll an der Kette, um die Truhe hochzukriegen. Doch es gelingt ihm nicht, sie ist zu schwer. Das macht ihn noch rasender, und er schlägt wie besessen auf die Ochsen ein und brüllt: »Hü – hü! Ihr Biester, zum Teufel, zieht!« Mit allen Kräften gehen die gepeinigten Tiere ins Geschirr. Da gibt es einen Ruck, die Kette reißt, und die Truhe sinkt vor den Augen des Bauern immer tiefer und tiefer, unerreichbar nun für ihn.

Erst als die nachrollende Erde sich über ihr schließt, hört er wieder die Stimme seines Kindes, das jammernd nach dem Vater ruft. Nun endlich springt er eilends über die lockere Ackerkrume hinüber zum Feldrain, wo der Erbe seines Reichtums liegt, von einer Kreuzotter gebissen.

Er saugt am geschwollenen Ärmchen des Kindes, um das Gift herauszuziehen, er trägt das Wimmernde wie gejagt nach Hause und läßt den Bader holen. Einen Beutel Taler bietet er ihm, wenn er das Kind rettet. Doch alles ist zu spät. Nichts nützten dem Reichen nun Geld und Gut – tot lag sein Erbe.

Der Drache im Haus

Im Thüringer Bergland hieß es von Leuten, die ohne für jedermann deutlich sichtbaren Grund etwas wohlhabender wurden als ihre Dorfgenossen, sie hätten einen Drachen im Hause. Das war ein dienstbarer Geist, und wo er unterm Dach saß, da kehrte bald das Glück ein.

Seine Gestalt dachte sich jedermann, wie er wollte und seiner Phantasie entsprechend, aber einen langen, feurigen Schweif hatte das Fabeltier ganz bestimmt. Es hockte irgendwo im Dustern auf dem Dachboden, in einem versteckten Winkel oder gar in einem Bodenkämmerlein, das ihm seine Nutznießer überließen, und verrichtete gehorsam, was von ihm verlangt wurde.

In Geschwenda hatte eine Bäuerin solch dienstbaren Geist, und sie hielt ihn in einem Bodenverschlag. Dorthin schlich einmal die Magd ihrer Herrin nach und horchte, was da verhandelt wurde.

Fragt der Drache, was er bringen soll. Sagt die Frau, die buttern wollte: »Aus hundert Dörfern von jedem Haus ein Ächtele Rahm.«

Da wußte die Magd, woher die viele Butter kam, die von der Bäuerin stets selbst zum Markt gebracht wurde. Böse und geizig war die Frau. Ihre Dienstleute und selbst ihre Kinder hielt sie bei magerer Kost und schikanierte sie, wo sie nur konnte. Nun wollte die Magd ihr einmal einen rechten Denkzettel verpassen. Als die Frau am nächsten Tag zum Markt gefahren war, um die Teufelsbutter zu verhökern, ging das Mädchen hinauf vor die Bodentür und forderte mit der Stimme der Bäuerin von dem Drachen, er solle sofort aus hundert Dörfern von jedem Hunde einen Dreck bringen, was der Teufelsbraten denn auch gehorsam tat.

Als die böse Sieben am Abend heimkam, war ihr Haus fast zugedeckt mit Hundedreck – und Kinder und Gesinde waren davongelaufen. Nur der Drache sah aus dem Bodenfenster, wahrscheinlich sehr zufrieden, daß er die ungewohnte Arbeit hinter sich hatte.

Der genarrte Geizhals

Halbwegs zwischen Meschenbach und Rabenäußig, etwas seitab, öffnet sich der Eingang zu einer langen, engen Höhle. Man nennt sie heute noch die Zinselhöhle. Sollen doch darin vorzeiten die Zinselmännchen gehaust haben, ein kleines Volk von winzigen Zwergen, die in den Bergen Gold schürften und niemandem etwas Böses taten. Freilich stibitzten sie auch da und dort etwas von den Feldfrüchten, aber so wenig, daß es den Bauern kaum weh tat. Außerdem fingen sie die schädlichen Wühlmäuse und vertrieben das Ungeziefer in den Ställen, so daß man auch seinen Nutzen hatte von den kleinen Spitzbuben. Also drückten die Leute ein Auge zu, wenn sie von weitem solch kleinen Kerl mit einem Bündelchen Erbsen, Korn oder Hafer laufen sahen.

Nun gab es in Meschenbach einen reichen Bauern, der zugleich der größte Geizhals war und niemals auch nur ein Stückchen trockenes Brot für einen Armen übrig hatte. »Seht zu, wie ihr durchkommt, mir schenkt auch niemand etwas«, sagte er kurz und kalt und schlug den Hungrigen die Tür vor der Nase zu.

Dieser Geizkragen ertappte auch einmal ein Zinselmännchen auf seinem Erbsenacker, wie es die jungen Schoten aufpellte und sich die süßen Erbsen schmecken ließ, auch noch davon in ein Säcklein klaubte. Wütend sprang er dem kleinen Dieb nach, als der sich erschrocken davonmachte, und schrie: »Dir will ich helfen, mein Gut zu stehlen! Zerrupfen werd ich dich!«

Aber, so lange Beine der Bauer hatte und so kurze das Zinselmännchen, es war flinker und geschickter als der große, plumpe Mensch und entwich den zugreifenden Händen immer wieder. Erst am Ende des Ackers hätte der Wütende den Kleinen fast erwischt, doch duckte der sich noch rechtzeitig und entrann wiederum dem harten Griff. Aber, o weh! Der Bauer hatte das Mützlein des Zwerges in den Fingern. Und nun begann das Männlein gar erbärmlich zu jammern und zu bitten, er sollte ihm sein Käpplein wiedergeben.

»Lieber Bauer, laß es mir,
Was viel Schönres geb ich dir!«

rief der Kleine mit dünnem Stimmchen. Der Habgierige horchte auf. Hoho, das konnte sich lohnen!

»So«, sagte er einlenkend, »wie teuer ist dir denn dein Hütchen? Aber daß du gleich Bescheid weißt, nur für Gold und Silber ist es mir feil.«

»Nun gut, das sollst du haben«, rief der Kleine. »Sieh, drüben am Bach stehen Weiden. Geh und hole eine Rute davon, dann will ich dir damit den Schatz weisen, der in deinem Acker liegt.«

Gar eilig lief der Bauer zum Bach und brach eine Weidenrute. Der Zwerg nahm sie in beide Hände und schleifte sie kreuz und quer über das Feld, bis sich ihre Spitze hob und sie deutlich dreimal auf die Erde schlug.

»Hier liegt der Schatz«, sagte das Zinselmännchen. »Aber du kannst ihn nur heben, wenn der erste Sonnenstrahl die Rute trifft.« Damit steckte es den Zweig fest in die Erde. Der Bauer, von fiebriger Gier erfaßt, warf nunmehr dem Kleinen das Mützchen zu und achtete nicht darauf, wie der mit spöttischem Grinsen eilig davonsprang. In der folgenden Nacht vermochte der Geizige kein Auge zu schließen, und lange vor Sonnenaufgang war er schon auf dem Weg zu seinem Erbsenfeld. Es war sein größter Acker. Wie er nun den schmalen Feldweg entlanghastet, beginnt der Himmel hell zu werden. Ein goldener Schein breitet sich über den dunklen Höhen der Berge aus. Jetzt muß er eilen, damit er neben der Rute steht, wenn die Sonne über den Wäldern emporsteigt und ihr erster Strahl die schwanke Gerte trifft.

Aber was ist das? Der Bauer erstarrt am Rande seines Ackers und schaut wie irr darüber hin. Hundert und aber hundert Ruten stehen nun darauf – wie soll er da die rechte finden, die den Platz bezeichnet, wo der Schatz liegt? Genarrt! Er stößt gräßliche Flüche und Verwünschungen aus und reißt wütend an den Ruten. Doch das hilft ihm nichts – und auch als er im Schweiße seines Angesichts voll verbissenen Grimms da und dort gräbt – er findet nichts. Verborgen bleibt ihm der Schatz für alle Zeit und ist dem Geizigen zu einem ständig bohrenden Ärger geworden, vor dem er zeit seines Lebens keine Ruhe fand. Der Acker aber heißt heute noch Rutenacker.

Das Graumännchen und der Leichtsinnige

In einem kleinen Thüringer Dorf, nahe der Grenze zu Oberfranken, lebte vor langer Zeit auf einem schönen Hof ein Bauernsohn mit seiner Mutter. Der Vater, vor Jahresfrist verstorben, hatte das Anwesen schuldenfrei hinterlassen, und der Sohn, als einziger Erbe, hätte ohne Sorgen in die Zukunft blicken können, wenn er nicht... Ja, der junge Bauer hatte, wie man so sagt, eine leichte Ader, war bei jedem Juchhei dabei und ging lieber ins Wirtshaus als hinter der Pflugschar. Dabei war er ein gutmütiger Mensch. Nur zu gern ließ er sich zu Trunk und Würfelspiel verleiten und hielt seine Wirtshauskumpane frei, wann immer sich die Gelegenheit bot. Machte ihm die Mutter Vorwürfe wegen seines Leichtsinns, so bereute er wohl gleich, arbeitete ein paar Tage für zwei und hatte den besten Willen, ihre Ermahnungen zu beherzigen – bis der Wirtshausteufel wieder Gewalt über ihn gewann.

Die Mutter sorgte sich. Was sollte aus ihm werden, wenn sie einmal gestorben war? In ihrer Angst um die Zukunft des Sohnes arbeitete sie Tag und Nacht, um das Gut zu erhalten und das wieder einzubringen, was der Bruder Leichtfuß vertat. Trotzdem blieb sie stets hilfsbereit und gab den Armen, wo sie konnte.

Des öfteren kam zu ihr ein Graumännchen, wie sie im nahen Walde wohnten, und bettelte um Brot. »Aber ohne Kümmel«, mahnte es, »den vertragen wir nicht!«

So nahm die gute Frau jedesmal, wenn sie Brot buk, etwas von dem Teig, bevor sie Kümmel hineinknetete, und machte für das Graumännlein ein paar kleine Brote zurecht. Der Kleine bedankte sich und versprach der Bäuerin, ihre Freundlichkeit schon einmal zu vergelten. Das ging so bis zum Tode der Frau.

Als sie gestorben war, begann auf dem Hof ein anderes Leben. Für den Sohn war es recht lustig, denn es gab nun niemanden mehr, der ihn zu Arbeit und Mäßigung angehalten hätte. Also lebte er in den Tag hinein und kümmerte sich kaum noch um Feld und Vieh. Kein Wunder, daß der Hof bald über und über verschuldet war. Die Gläubiger begannen zu drängen, und die Zeit war nicht mehr fern, da das Gut versteigert und der junge Bauer heimatlos sein würde. Da klopfte es eines Nachts an das Fenster seiner Kammer. Ungehalten ob der Störung öffnete er und sah im Mondlicht ein Männchen im steingrauen Gewand stehen. Er erschrak vor dem seltsamen Wesen und wollte rasch das Fenster wieder schließen, da rief der Kleine:

»Halt, halt, 's ist dir zu Nutz und Frommen!
Eilends sollst du mit mir kommen!
Um deiner guten Mutter willen
Werd ich ein Faß mit Geld dir füllen.«

Das machte den Verschlafenen schnell munter. Flink fuhr er in Hose und Kittel und lief hinter dem Graumännchen her, dem Bergwald zu, bis zu dem Felsgeklüft, das sie den Steinberg nennen. Dort verschwand der Kleine plötzlich in einer Spalte des Gesteins, kehrte aber bald wieder zurück und rollte ein Fäßchen vor sich her.

»Pack an«, sagte er zu dem Bauern, »und trage es heim! Die Dukaten darin sind dein. Aber merke dir gut: Drei Wochen müssen sie unberührt bleiben! Ansehen darfst du sie meinethalben, doch nimm auch nicht einen einzigen davon weg, ehe die Zeit um ist. Dann bleibt der Hof dein Eigen, und der Wirtshausteufel hat keine Gewalt mehr über dich. Wirst du es so halten?«

Nun, der Bauer versprach alles, was der Zwerg nur wollte. Er hatte es eilig, sich das Geldfaß auf die Schultern zu laden und nach Hause zu bringen. Es drückte freilich

arg und kostete ihn manchen Tropfen Schweiß, bis er es in seiner Kammer hatte. Aber als er den Deckel hob, stand er geblendet vom Glanz der Golddukaten. Ein paarmal am Tag genoß er den Anblick. Fortan verkaufte er lieber ein Stück Vieh, als etwas von seinem heimlichen Schatz wegzunehmen, wenn ein Gläubiger allzusehr drängte.

Es gelang ihm auch, sie hinzuhalten, indem er ihnen versprach, daß sie ihr Geld mit Zins und Zinseszins zurückhaben sollten. Und da der Wirt ihm nichts mehr anschreiben wollte, ließ er nun auch das Trinken sein. Er zählte nur die Tage, bis er hineingreifen durfte in das Dukatenfäßlein. Juchhe, das sollte ein Fest geben! Wie sehnte er sich danach, am Wirtshaustisch wieder der große Mann zu sein und von denen, die jetzt über ihn hinwegsahen, umschmeichelt zu werden. Jeder Tag, der noch dazwischenlag, erschien ihm wie eine Ewigkeit.

Endlich fehlten nur noch drei Tage an der gebotenen Frist. Da begann die Kirchweih, mit Musik und Heisa, mit Schmausen und Trinken und Lustbarkeiten. Und da hielt es der Leichtsinnige nicht mehr aus. Mit gierigem Blick stand er vor dem Dukatenfaß, und dann stopfte er sich die Taschen voll – in drei Tagen war ja sowieso alles sein – und lief wie gejagt der Schenke zu. Staunend sahen die Leute, wie er mit den funkelnden, blitzenden Goldstücken um sich warf. Wußten sie doch, daß der Hof bald versteigert werden sollte – wenn nicht ein Wunder geschah. Nun war es wohl geschehen. Sie fragten nicht lange, tranken und aßen, was der junge Bauer so reichlich auffahren ließ, und er war der Held des Tages. Seine Wirtshausbrüder umringten ihn und schmeichelten ihm wieder und ließen ihn hochleben. Ah, das tat gut!

Doch am folgenden Morgen, als er bei grauendem Tag heimkam, wurde er unliebsam an das Versprechen erinnert, das er dem Graumännchen gegeben hatte. Das Dukatenfaß stand zwar noch an seinem Platz, aber als er den Deckel hob, funkelten ihm keine glänzenden Münzen entgegen. Welkes Buchenlaub füllte es bis zum Rande.

Und jetzt kam, was kommen mußte. Der überschuldete Hof wurde versteigert, und der leichtsinnige Bauer mußte davon, arm wie eine Kirchenmaus, denn nun, da er nichts mehr besaß, verachteten ihn seine früheren Freunde.

Der betrogene Teufel

Im oberen Saaletal, in der Nähe eines Eisenhammers, stand in alter Zeit eine Mühle. Die Müllerin, eine ältere Witfrau, geriet einst in große Not, als in den Bergen schwere Gewitter niedergegangen waren und das Wehr vom Hochwasser zerstört wurde. Schier verzweifelt stand sie gegen Abend im Mühlenhof, sah in das wild vorüberbrausende Wasser und dachte: Wollt mir nur einer helfen, sollt er alles haben von mir, was er verlangt.

Indem, es begann schon zu dunkeln, kam ein Mann vom Walde her auf die Mühle zu. Er stellte sich neben die bekümmerte Frau, und als hätte er ihre Gedanken erraten, meinte er leichthin, das Wehr sei in kurzer Zeit zu richten, wenn es der rechte Mann nur täte.

»Oh«, rief die Frau erfreut, »dann seid wohl Ihr der Rechte? Es soll sich Euch gewiß gut lohnen, ich hab einen dicken Sparstrumpf bereit für einen Helfer in meiner Not!« Der Fremde lächelte mit schiefem Mund und sagte, das sei bei ihm nicht vonnöten, er habe selbst genug davon einstweilen. Sie brauche sich nur in sein Schuldbuch einzuschreiben, dann wolle er ihr ein Wehr bauen, das weder Hochwasser noch Menschenhände je zerstören könnten; und das noch in dieser Nacht vor dem ersten Hahnenschrei.

Die Müllerin, eine ehrliche, aber einfältige Frau, die an nichts Böses dachte und heilfroh war, daß ihr geholfen werden sollte, setzte ihre Unterschrift in ein Buch, in dem sie unter vielen anderen die Namen gar angesehener und wohlhabender Bürger fand, die sie kannte. So hatte sie keine Bedenken, sich gleichfalls einzuschreiben. Nachdem sie es getan, verschwand der Fremde eilig, und sie zweifelte, ob er sie nicht zum Narren gehalten hätte.

Aber bald darauf, als es völlig Nacht geworden war, hub draußen am Fluß ein gewaltiges Getöse, ein Poltern und Platschen an, daß das Wasser turmhoch aufspritzte. Dazu heulte ein Sturm, wie ihn die Müllerin noch nie gehört, und im Eisensteinbruch, oberhalb der Mühle in den Bergen, krachte es, als wären hundert Steinbrecher auf einmal am Werk. Bei dem Lärm vermochte die Frau kein Auge zuzutun, und je weiter es auf Mitternacht zuging, um so bänglicher ward ihr zumute. Der Baumeister, der nachts arbeitete, kam ihr auf einmal verdächtig vor – und da begriff sie, daß kein anderer als der Teufel an dem Wehr baue und daß sie sich ihm verschrieben habe.

Entsetzt sprang sie aus dem Bett und warf zitternd vor Angst und Schrecken ihre Kleider über. Beim ersten Hahnenschrei war sie verloren, denn daß der Seelenfänger dann sein Werk vollendet haben würde, war gewiß. Von schrecklicher Furcht gehetzt, lief sie hinab in den Hühnerstall mit dem einzigen klaren Gedanken: Der Hahn mußte krähen, ehe der Böse mit seiner Aufgabe fertig war. Noch war es Zeit, noch hörte man ihn Steine brechen droben im Gebirge. Die Müllerin klatschte in die Hände, daß das ganze Hühnervolk erwachte, und sie krähte wie ein Hahn, daß der Gockel nun völlig munter wurde und dem vermeintlichen Gegner herausfordernd mit lautem Krähen antwortete.

Da ward es draußen am Fluß plötzlich totenstill. Wie ein jäher Windstoß fuhr es grausig heulend zum Walde und brach eine schmale Schneise durch den dichten Forst aller Fichten bis hinauf zum Kamm. Dies gewahrte man anderntags, wie auch eine Reihe mächtiger Felsblöcke quer über die Saale, nur fehlten noch einige, die das Wehr geschlossen hätten. Diese Felskette im Fluß aber heißt heute noch das Teufelswehr.

Der Schatz im Mittelberg

Vor Jahrhunderten, als Goldsucher aus dem Sächsischen wie auch aus fernen Ländern im Schiefergebirge Südthüringens nach Gold gruben oder das kostbare Metall aus Kies und Geröll der Wildbäche wuschen, geschah es, daß ein paar Männer auf einen anderen großen Schatz stießen. Von seiner Entdeckung berichtet die Sage dies:

Zwei Goldgräber hatten in den Bergen bei dem heutigen Schmiedefeld wieder einen langen Tag unermüdlich gehackt und gegraben. Hungrig und erschöpft ruhten sie am Abend auf einem Mooshügel aus. So müde waren sie, daß sie nicht einmal reden mochten. Mit dem Rücken an eine Felswand gelehnt, saßen sie da, um den Aufgang des Mondes zu erwarten, damit sie ihren Heimweg in das Lichtetal antreten konnten.

Wie die Männer nun so stumm und in trübe Gedanken versunken dasitzen – das Gold in Gruben und Bächen ist rar geworden, und in den Hütten der Goldsucher ist längst die große Not eingekehrt, daß sie oft schier verzweifeln möchten –, sehen sie von ihrem erhöhten Platz aus zwischen den Stämmen der Tannen und Buchen ein winziges Männchen mit einer kleinen Laterne. Mittlerweile ist auch der Mond heraufgekommen und gibt etwas Licht, und die zwei sehen, wie der Kleine mit einem Stöcklein den Boden abtastet und gar eifrig in weitem Kreis dahin und dorthin läuft, leise vor sich hin murmelnd. Plötzlich beginnt er das Moos wegzuscharren, gräbt mit einer kleinen Haue, die er am Gürtel getragen, ein paar Steine aus, hebt sie ins Mondlicht und tut einen freudigen Schrei:

»Ritzeratz,
Gefunden der Schatz!«

Ein paar Steinbrocken stopft er in einen Beutel, den er gleichfalls am Gürtel hängen hat, und dann nimmt er sein Laternchen und springt eilig davon ins Dämmerdunkel des Waldes.

Da erhoben sich auch die zwei Bergleute, die bis dahin nicht gewagt hatten, sich zu rühren, denn sie glaubten, diese kleinen Geister der Berge hätten große Macht und könnten den stärksten Mann bezwingen und ihm Schaden zufügen. Jetzt, zur Nachtzeit, weiterzugraben, trauten sie sich nicht, aber sie merkten sich die Stelle gut und gingen erst einmal nach Hause.

In der Hoffnung, Gold zu entdecken, fand der frühe Morgen die Bergleute schon eifrig bei der Arbeit. Jedoch so fleißig sie auch gruben und so tief sie in die Erde eindrangen, von einer Goldader war nichts zu entdecken. Nicht einmal das Gestein zeigte Spuren von Gold. Es war rotbraun, wie rostiges Eisen. Trotzdem gruben sie mit ihren letzten Kräften weiter, bis die Dämmerung des Abends hereinbrach und sie zwang, endlich aufzuhören.

Wieder saßen sie todmüde auf ihrem Ruheplatz, um ein wenig zu verschnaufen, ehe sie den Heimweg antraten. Und siehe, wieder leuchtete das Laternchen aus dem Dunkel des nächtlichen Waldes. Der Zwerg hatte es diesmal wie ein Bergmann auf der Brust hängen, und er schob einen kleinen Schubkarren vor sich her. Als er die Steine zu beiden Seiten der Grube sah, klatschte er freudig in die Hände und belud eifrig seinen Karren damit. Dann verschwand er wieder im Dunklen.

Auch die Männer machten sich nun auf den Weg nach Hause. Vorher aber klaubten sie einige der Steine in ihren Ranzen. Vielleicht war doch etwas Besonderes daran. Im Lichtetal gab es einen alten Bergmann, der in seiner Jugend in verschiedenen Erzgruben gearbeitet hatte, dem wollten sie die Steine zeigen und erfahren, welche Bewandtnis es mit ihnen hatte.

Der alte Häuer warf nur einen kurzen Blick darauf und sagte: »Das ist Eisenstein«, wog einen davon in der Hand und fügte hinzu: »Ein guter! Der wird euch auch Gold bringen – mehr als euer nutzloses Wühlen danach.«

Und er sollte recht behalten. Die Goldgräber und -wäscher wurden zu Häuern in der Eisenerzgrube und die Pochwerke in den Bachtälern zu Eisenhämmern. Es entstand eine neue Siedlung, fast auf dem Kamm des Gebirges, Schmiedefeld, und die Eisenerzgruben des Mittelgebirges brachten über eine lange Zeit Land und Leuten mehr Nutzen als die Ausbeute aus den längst verfallenen Goldbergwerken.

Die Mär vom Goldhüter im »Wüsten Adorf«

Alte Überlieferungen berichten, daß in früher Zeit ein gnomenhafter, aber mächtiger Waldgeist das Gold in den Bergen um die »steynen heyde« hütete. Er störte und ängstigte die Goldsucher und fügte ihnen Schaden zu, wo er konnte, wohl, um sie wieder zu vertreiben aus seinem Reich, und niemand vermochte sich vor seinem Schabernack zu schützen oder ihm etwas anzuhaben.

Nur in Vollmondnächten, hieß es, wenn er sein graues Mützlein, in dem all seine Zauberkraft stecke, abgetan, um seinen nackten Schädel im Mondlicht zu baden, habe er alle Macht verloren.

Nun ist ein junger Bursche unter den Goldsuchern gewesen, der lebte in einer Hütte aus Fichtenstämmen, Moos und Zweiggeflecht mit seiner Pflegeschwester und seiner Mutter, der von den langen Wintern die Gicht ins Gebein gekrochen und nicht daraus zu vertreiben war. Das Mädchen, Gudula geheißen, das man einst als Waise aufgenommen, sorgte für alle und liebte den Jungen heiß und tief, ganz heimlich, und inniger noch als eine Schwester den Bruder.

Doch der achtete dessen nicht, sah überhaupt keine andere als die schöne Jula, eines armen Goldwäschers Tochter. Kupfern flammendes Haar hatte sie und schwarzglänzende Augen wie Tollkirschen und einen roten, lokkenden Mund.

Blind vernarrt in ihre Schönheit, lief der Bursche der Jungfer nach. Aber sie liebte weder ihn noch einen anderen, sie hatte ein kaltes Herz und wollte nichts als schnell reich sein. So sagte sie dem Werbenden kühl, nur wenn er das Gold des Waldgeistes fände, die große Ader in den Bergen, von der die Quellen den Goldsand mitbrächten, wolle sie seine Frau werden. Solle er doch den kleinen Hüter fangen im »Wüsten Adorf«, wo ihn schon mancher erschaut hatte – er sei doch groß und stark genug, um das Männlein zu halten, wenn es ohne Mütze im Mondschein sitze.

So ist der Bursche einmal in einer Vollmondnacht von seinem Lager aufgestanden und davongegangen, hatte jede Furcht vor dem bösen Geist vergessen und Mutter und Schwester. Aber diese ihn nicht. Sie ahnten, wohin er wollte in dieser hellen Nacht, nach seinem Reden und Fragen all die Tage her. So ist ihm Gudula in ihrer Herzensangst nachgelaufen, hat ihn flehend festhalten wollen mit ihren schwachen Armen und gebeten, an die Mutter zu denken – und auch an sie –, was sollten sie ohne ihn... Er aber, besessen von dem Willen der schönen Jula, hat das Mädchen abgeschüttelt und bös angefahren: Sie sollt ihn seiner Wege gehen lassen – er würd schon sorgen für die Mutter, wenn er das Gold hätte. Das müsse er finden für seine Jula – um jeden Preis! Dabei stürmte er zum Bergwald hin, ohne sich auch nur umzusehen nach der Schwester, die, von seinen Worten hart getroffen, still weinend zurückblieb.

Doch bald war die Angst um den Liebsten wieder stärker in ihr als aller Stolz, und sie ist dem Besessenen nachgegangen, verstohlen und von weitem, wußte sie doch, wohin er eilte.

Unterdessen ist er auch richtig in das ungeheuer Tal im »Wüsten Adorf« gekommen und hat den Goldhüter sitzen sehn im hellen Mondschein, und sein Mützlein lag seitab. Zum Glück für den jungen Menschen begann soeben ganz nah, im Dunkel des Waldes, ein Uhu zu rufen, also daß der Verwegene unter dem wilden Schrei des Nachtvogels dem Zwerg ungehört nahe kommen konnte und ihn jäh packte – jetzt ein hilflos zappelnd Wesen, denn sein Zauberkäppchen erraffte der Bursch im gleichen Augenblick mit der freien Hand. Befahl nunmehr dem greinenden Männlein, ihm das Gold zu weisen.

Gehorsam ist der Kleine über die Steinhalde gegen den dunklen Wald getrippelt, hat dabei aber arg gejammert und gestöhnt wie unter großen Schmerzen, hat gewimmert und gebettelt um ein bißchen Loslassen, denn die Pein, die ihm Menschenhände verursachten, brächte ihn sonst um – er könne das nicht ertragen.

Gutmütig hat der Junge den Griff gelockert, und einmal hat er den Blick nicht auf seinem Gefangenen, weil er in der fahlen Düsternis des Hochwaldes darauf achten

mußte, daß er nicht stürzte über Wurzelwerk oder gar in eine Wolfsgrube. Da wird ihm jäh das Mützlein aus der Hand gerissen, der Gnom hat's auf dem Schädel und will nun mit Riesenkräften den Menschen an die Felsen schleudern.

Doch da schrillt eine Stimme, die nimmt dem bösen Geist die Kraft zu schlimmer Tat, er läßt sein Opfer fallen, daß es in einen Felsspalt stürzt, den die Waldleute als Fallgrube für wilde Tiere hergerichtet hatten. Der Goldhüter aber fährt zornig heulend davon in sein unterirdisches Reich.

Vor Schreck und Entsetzen bricht Gudula ohnmächtig zusammen, und der Bursche in der Grube ahnt nichts von ihr. Er denkt an Jula. Die wußte doch, wo er war, die würde ihn suchen...

Doch nein, Jula dachte nicht daran. Sie schlief ruhig und träumte von gleißendem Gold – hätte sich auch niemals hierhergewagt, wo es auch am Tag nicht geheuer sein sollte und alle bösen Geister ihr heimliches Wesen trieben.

Gudula aber kam in der Morgenkühle zu sich und richtete sich, noch wankend, auf. Ging in der falben Dämmerung Schritt für Schritt der Stelle zu, wo sie den Liebsten und den wütenden Goldhüter gesehen hatte, und hörte es seufzen aus der Tiefe. Sie legte sich an den Rand des Loches und rief leise den Namen des Burschen in das Dunkel hinunter.

»Gudula«, stammelte dieser und wußte, daß er gerettet war. Indem war es vollends hell geworden, und das Mädchen suchte nach einem gebrochenen jungen Stamm, zerrte ihn mit aller Kraft zur Grube und schob ihn schräg hinein, so daß sich der Gestürzte langsam daran emporarbeiten konnte. Erschöpft und beschämt stand er mit geneigter Stirn dann vor der tapferen Schwester. Stumm gingen sie im ersten Sonnenlicht heimwärts.

Bald kam auch Jula in die Hütte zu ihnen, schön wie je mit glänzendem Haar und funkelnden Augen und mit nur einer Frage: »Hast du das Gold gefunden?« Und, als der Junge alles erzählt, kein Wort des Schreckens, der ängstlichen Sorge, nur Tadel und Vorwurf wegen der Nachlässigkeit nach dem sicheren Sieg. Böse sah sie ihn an und rief: »Reich wärst du nun – jetzt hast du alles verdorben! Ein zweites Mal fängst du den Gnomen nicht!« Zornig ging sie davon. Da sah der Verliebte endlich, wie sie wirklich war, und begriff, daß das Gold des Zwerges ihm kein Glück gebracht hätte.

Häuer in Ewigkeit

Zwischen Greunitz, einem kleinen Bergbauerndorf unterhalb des Rennsteigs, und der Baalskuppe liegt ein enges, wildes Tal zwischen dunklen Waldhängen. Da, wo der Bach sich dicht an die Felswand drängt, gähnt ein finsteres Loch unter den überhängenden mächtigen Zweigen alter Fichten – der ehemalige Eingang in ein Bergwerk. Doch vermag man nur ein paar Schritte hineinzugelangen, dann versperren Gesteinsmassen den Weg ins Innere der Stollen und Gänge. Bleibt man lauschend stehen, vernimmt man wohl mitunter ein fernes Rauschen, auch Rumpeln und Scharren aus der Tiefe des Berges, so, als rollten Hunte hin und her und als arbeiteten Bergleute weit drinnen im Schoß der Erde. Manch einer will auch schon dumpfes Stöhnen gehört haben und schwere Seufzer, wie von übermüdeten Menschen.

All das kann aber auch vom Wind herrühren, der sich hier im engen Grund zwischen dem Steingeklüft fängt und winselt wie ein lebendiges Wesen; oder vom Bach, der sich durchs Geröll winden muß, über Steinsperren in ausgewaschene Felsenlöcher springt oder dumpf murmelnd, unter breitblättrigem Wasserlattich und Sumpfgräsern verborgen, vorbeifließt. Auch heißt es, daß das Bergwerk »ersoffen« sei und unterirdische Wasserläufe es durchfluten. Daher wohl dies dunkle, ferne Rauschen und Rollen und die seltsamen Laute aus der Tiefe, die vielleicht immer wieder stürzendes Gestein hervorruft.

Die Sage aber erzählt anderes vom Untergang des Bergwerks und von dem, was sich heute noch darin begeben soll: Einst nutzte die Grube der Herr des Schlosses auf der Baalskuppe, und er wurde durch die Erträge reich und mächtig. Das ganze Waldland hatte er sich angeeignet und seine Bewohner zu Leibeigenen gemacht. Sie mußten im Bergwerk fronen bei Tag und Nacht. Ja, sogar die Kinder ließ er mit in die Grube treiben, damit sie aus den engen Gängen, die für die Erwachsenen zu niedrig und zu schmal waren, das Gestein förderten.

Er war ein harter Herr und mit der Peitsche leicht bei der Hand, daß alle ihn fürchteten und ohne Widerspruch die schwere Arbeit taten, auch wenn oft die Kräfte ihrer ausgemergelten Leiber kaum noch dazu reichten. Trieb doch auch der Aufseher, nicht besser als sein Herr, die geplagten Menschen immer weiter, bis manch einer zusammenbrach, um nicht wieder aufzustehn. Und für all die Schufterei bekamen die Bergleute nichts als ein paar geringe Pfennige und ihr Essen, von dem es hieß, daß die Hunde auf dem Schloß besseres erhielten.

Nun lebte auch ein junger Häuer, dessen Vater in der Grube verunglückt und gestorben war, mit seiner Mutter allein in ihrer Hütte. Die Frau, noch nicht so alt, wie sie schien, aber völlig verbraucht, lag krank auf ihrem Lager aus Moos und Laubstreu und vermochte nicht mehr, sich selbst zu versorgen. Darum bereitete der Sohn ihr stets am Morgen eine Schale Hafergrütze oder eine Suppe aus Kornschrot und Brennesseln, die für den ganzen Tag ihre Nahrung war.

Die Arme litt schwer an einer Lungenkrankheit und mußte an den trüben, regenverhangenen Tagen hart um Atem ringen. Ein Kraut, das an den Rainen der mageren Hangäcker wuchs, machte die Brust freier und das Atmen leichter, wenn man einen Absud davon trank. Der Junge kochte auch diesen Tee noch, wenn die Mutter danach verlangte, ehe er zur Grube ging, und sie hatten immer ein Bündel getrocknetes Lungenkraut am Deckenbalken in der Hütte hängen.

Eines Morgens, als wieder einmal die Nebel grau und dunstig aus den Bachtälern krochen und mit ihrer feuchten Schwere die Frau schon in der Nacht arg bedrückt hatten, war kein Kräutlein mehr im Hause.

»Droben am Acker steht genug«, sagte die Kranke, »aber du wirst dann zu spät in den Stollen kommen. Geh lieber – ich werd schon aushalten bis zum Abend.« Doch der Junge, der sah, wie die Mutter litt, dachte, ich werd's dem Aufseher erklären, und er wird mir das Versäumte nicht anrechnen, wenn ich ihm verspreche, es doppelt nachzuholen.

Sprang also rasch die Berglehne hinan und raffte von den lindernden Pflanzen, bereitete den Tee und kam, als die Grubenglocke schon geläutet, in eilendem Lauf zum Stolleneingang heraufgehetzt, vielleicht, daß er gar ungesehen einfahren konnte...

Aber das Unglück wollte es, daß zwar nicht der Aufseher dort stand, dafür aber ein noch Schlimmerer: Der Herr auf seinem Hengste hielt eben vor der Einfahrt, als der Häuer sich dort mit scheuem Gruß vorbeidrücken wollte. Die Stimme des Mächtigen donnerte ein zorniges »Halt!« Er war schlechter Laune – hatte heut jagen wollen, doch die düsteren Nebel nahmen ihm jede Sicht. Bis hinauf zum Kamm webten sie ihre diesigen Schleier. Ihnen konnte er nicht befehlen und sie seinen Zorn fühlen lassen. So suchte sich seine Wut ein anderes Opfer.

»He«, schrie er den jungen Häuer an, »was lungerst du noch herum, wo du längst im Berg zu sein hast! Muß man euch Gesindel immer nur antreiben?« Und er hob die Reitgerte. Der Junge duckte sich unter dem Peitschenschlag, der ihn hatte treffen sollen, nun aber vorbeipfiff.

»Meine Mutter«, stammelte er, »meine Mutter ist krank – ich mußte erst...«

»Mußte, mußte«, höhnte grimmig der Zornentbrannte, »nichts mußt du als mir gehorchen! Merk dir das, für mich seid ihr da, für niemand sonst! Damit du es nie vergißt, da – und da – und da«, und er schlug erbarmungslos auf den jungen Menschen ein, der sich nicht zu schützen vermochte vor den grausamen Hieben.

Da barst jäh die Wand des Berges, ein gewaltiger Häuer trat hervor und stieß mit seiner Hacke den Wütenden von seinem Pferd, das erschrocken aufwieherte und davonstob. Aus der Grube aber strömten plötzlich schreiend die Bergleute, der Aufseher voran.

»Wasser! Das Wasser steigt!« Wild und wirr vor Angst und Entsetzen riefen sie es durcheinander und starrten sich in die schreckensbleichen Gesichter, ob auch alle heraus seien, denn im Innern des Bergwerkes hörte man jetzt ein Brausen und Tosen und Donnern wie von wilden Wassern und stürzendem Gestein. Da hob der riesige Häuer die Hand, und es wurde wieder still in der Grube.

Er befahl dem Herrn der Baalsburg, der noch vom Schreck und von dem harten Sturz halb betäubt am Boden lag, aufzustehen, sah ihm eisig in die entsetzten Augen und sprach mit Donnerstimme: »Dein Maß ist voll!« Und, den furchtbaren Blick dem grausamen Aufseher zugewandt: »Auch deines! In den Berg mit euch für Zeit und Ewigkeit! Graben und hauen und schleppen sollt ihr euer Leben lang – und auch noch nach eurem Tod. Nie sollt ihr Ruhe finden, so wenig, wie ihr sie diesen Armen hier gegönnt habt!«

Stockenden Schrittes gingen die zwei zur Einfahrt und verloren sich im Dunkel des Stollens. Im gleichen Augenblick war aus dem ersten Gang ein dumpfes Bersten und Rollen wie von niedergehendem Gestein zu hören, und die Bergleute wußten, daß er verschüttet war. Bedrückt sahen sie hinüber, wo noch eine Staubwolke um die Einfahrt wallte, und dann schauten sie voll Furcht in das große Gesicht des gewaltigen Häuers, das aber jetzt seltsam gütig ward, als er wiederum zu sprechen anhub: »Sie sollen euch nicht mehr quälen. Ihr alle seid nun die Erben des Besitzes, den ihr ja selbst geschaffen habt. Nehmt euch Feld und Wiesenland, den Wald schenk ich euch dazu, und nutzt alles gut. Damit aber keinem von euch je die Lust ankommt, etwa ein Herr zu werden über die anderen, teilt alles redlich, und das Schloß soll verschwinden wie sein Herr.« Und er hob die Hand, die gewaltig anwuchs, und fegte das Schloß von der Kuppe des Baalsberges hinweg.

Wild verstreut liegen seine Mauerreste noch heute in den Wäldern um die Baalskuppe, längst bemoost und umwuchert von Farn und Schwarzbeerkraut, niederem Waldholundergesträuch und flimmernd wehendem Zittergras. Die geplagten Leibeigenen des Grubenherrn aber wurden freie Waldbauern und Kohlenbrenner, Schindelmacher und Pechsieder und brauchten nicht mehr die Peitsche und die Grausamkeit eines Herrn zu fürchten.

Das versunkene Schloß

Auf den mageren Bergwiesenhängen bei der »steynen heyde« trieb einst ein Hirt tagtäglich seine Herde zur Weide.

Einmal sah er unter seinen Kühen eine fremde, die aber, wenn er die Tiere abends heimtrieb, stets wieder verschwunden war, als habe sie der Berg verschluckt, an dessen nacktem, felsigem Hang der Hutweg vorbeiführte, hinunter nach dem heutigen Steinheid.

Das ging einen ganzen Sommer lang, und der Hirt versuchte immer wieder herauszufinden, wohin die schöne fremde Kuh verschwand. Endlich, es war schon Herbst, sah er es. Zu seinem Erstaunen schritt das Tier geradewegs in den Felsen hinein. Und nun entdeckte der ihm eilig folgende Hirt in der Wand des Berges einen Spalt, den er niemals vorher bemerkt hatte. Kurz entschlossen ging auch er hinein und weiter einen schmalen dunklen Gang entlang, der schier in das Herz des Berges führte. Freilich war ihm dabei nicht so recht geheuer, aber er war ein noch junger und tapferer Kerl und dachte, wenn ich sonst nichts dabei gewinne, wenigstens mein Hütegeld für die Kuh werde ich verlangen. So klopfte er mit seinem Stecken hart an das Felsentor, das ihm auf einmal den Weg versperrte.

Darauf tat es sich lautlos auf. Eine Frau in weißem Gewand, mit schlohweißem Haar und bleichem Gesicht und mit müden, gramvollen Augen stand vor ihm und sah ihn stumm und traurig an. Weil der erschrockene Hirt nichts zu sagen wußte, bat er stotternd um sein Weidegeld für die Kuh, die er den ganzen Sommer lang mit betreut habe. Da seufzte die Frau und sagte mit seltsamer, klangloser Stimme: »Ach, hättest du doch kein Geld gefordert, so

wären wir erlöst und dürften endlich ruhen – und auch du hättest genug gewonnen. So aber muß dir das genügen.« Und sie gab ihm ein Geldstück; das war von Gold und von seltsamer Prägung. Darauf schlug das Tor donnernd zu, und der entsetzte Hirt hastete den Gang zurück und war froh, daß er wieder im Licht stand. Auch der Spalt in der Bergwand schloß sich hinter ihm, und die fremde Kuh kam nie mehr zur Weide.

Der Bursche erzählte sein Erlebnis daheim, da horchte der Großvater auf, und es fiel ihm eine uralte Mär ein, die von den Leuten im Berg berichtet.

So soll auf seiner Höhe dereinst ein Schloß gestanden haben und war alle Tage Festtag darin. Bergknappen, Bauern und Kohlenbrenner dagegen mußten sich für den Schloßherrn schinden, dem sie leibeigen waren. Toll soll er's getrieben haben, der junge Herr, und seine Untertanen sind ihm weniger wert gewesen als seine Hengste.

Er schonte sogar seine Rüden bei der Jagd auf Bären und ließ das Wild von den Bauern und Köhlern hetzen. Gute Hunde waren teuer draußen im Land – ein Bauernleben kostete nichts.

Doch einmal kam die Vergeltung für des Herrschers Untaten. Eine seiner Hörigen, eine arme Witwe mit vier ewig hungrigen Kleinen, hatte einen Frontag versäumt, weil Gewitter hinter den Bergen standen und sie das Heu ihrer Wiese einbringen wollte, bevor das Unwetter es verdarb.

Hart wurde die Frau bestraft. Der Herr ließ ihre einzige Kuh schlachten und warf das Fleisch – für die Schloßleute zu zäh – den Hunden zum Fraß vor.

Das arme Weib, dem der grausame Schloßherr nun auch das letzte entrissen, das sie und ihre kleinen Kinder noch vor dem Hungertod bewahrt hatte, mußte sehen, wie sich die Tiere vollfraßen, und sie schrie, irr vor Verzweiflung, den schrecklichen Fluch, daß die Erde den Frevler samt seinen Henkersknechten verschlingen möge. Da wollten die rohen Knechte die Hunde auf die Frau hetzen. Doch die sonst so wilden und blutdürstigen Tiere knurrten und bläfften nur, blieben auf ihren vollen

Bäuchen liegen und jagten keineswegs der Fliehenden nach.

Da begannen auch schon die Gewitter über den Höhen zu grollen. Blitz, Donner und Wolkenbrüche tobten wie nie seit Menschengedenken. Ein greller Feuerschein soll in dieser Nacht den Berg gespalten haben, also daß das ganze Schloß mit Mann und Maus versank. Am Morgen starrte das Haupt des Berges nackt gegen den Himmel, und das gequälte Waldvolk war befreit von seinem Peiniger.

Die Hexe vom Ergersgrund

In den Bergen gibt es oft Talgründe und Ebenen inmitten der Wälder, von denen die Sage oder auch alte Urkunden erzählen, daß sie einst Dörfer waren mit Kirchen und Herrensitzen und wohlhabenden Handwerkern und Bauern.

Manche der Dörfer hat der Dreißigjährige Krieg verwüstet, andere sollen schon vordem verschwunden sein, und mitunter erinnert ein zufällig ausgegrabener Mauerrest an sie. Zu Wald sind sie wieder geworden, zu einsamen Wiesengründen, versunken, vergessen, nur alte Mären berichten noch von ihnen, oder ein uraltes Pergament kündet von Grenzen und Gerechtsamen, die ein halbes Jahrtausend längst verwischt oder ungültig gemacht hat.

Einst soll ein Ort Ergersgrund bestanden haben, unweit des Bergstädtchens Gräfenthal gelegen. Jetzt ist's ein Waldwiesental zwischen Berghängen, sehr einsam in großer Stille liegend. Doch manchmal, um die Mittagsstunde oder um Mitternacht, soll man Wehgeschrei hören und ein Rauschen wie von wilden Wasserfluten, obgleich nur ein schmales Bächlein den Talgrund durchfließt, das sich freilich zur Zeit der Schneeschmelze oder auch, wenn schwere Gewitter droben im Gebirge niedergegangen sind, in einen reißenden Fluß verwandeln kann, der den ganzen Wiesengrund überflutet.

Auch das Dorf, so wird erzählt, sei durch wilde Wasser zugrunde gegangen. Doch erst war das Feuer – nein, erst die rote Ulla, eine landfremde Dirne mit weißer Haut und rotflirrendem Haar und seltsam hellen Augen, die ohne Grund waren, wie der Teich überm Dorf zwischen den Schieferfelsen.

Zum Müller kam sie als Magd, irgendwoher aus dem

flachen Land draußen, nur mit Not fremden Eindringlingen entronnen, die ihr Eltern und Heimat genommen hatten in einer wilden Nacht, da ihr brennende Häuser den Weg in die Wälder wiesen. Daher war ihr ganzes Wesen von einem herben Ernst überschattet, daß sie sich nie fand zum jungen Volk bei Tanz und Juchhei.

Dennoch sahen ihr alle Männer nach. Dann auch die Frauen. Die einen begehrlich und aus Freude an ihrer Schönheit, die anderen in Zorn und Neid um das gleiche. Ulla achtete beides nicht. Sie hatte mit sich zu tun.

Schwer trug sie noch an dem Erlebten, als ihre verschreckte Seele ein neues Gesicht überfiel. Feuer sah sie – wieder Feuer! Das halbe Dorf stand in hellen Flammen. Sie stöhnte auf in ihrer Bedrängnis, am Spinnrad sitzend unter den Dorfweibern, starrte mit weiten Augen ins Leere und stammelte, ohne daß sie's recht wußte: »Das Feuer – ach, das große Feuer...« Und schrak erwachend auf, als die Müllerin sie anschrie, ob sie schlafe oder träume, hier sei man zum Arbeiten, und als die anderen lachten.

Verstört blickte die Magd um sich. Die Spinnerinnen sahen sie hämisch an, als sie jäh aufstand und mit verfallenem Gesicht, fast wankend, hinausging. Begannen zu tuscheln und häßlich zu reden, betrunken sei die Dirne wohl, die Müllerin solle achthaben auf ihren Keller – konnt man wissen, was sie für eine war, die Landfremde? Schon allein darum war ihr nicht zu trauen!

Dann kam das Feuer. Keiner wußte, wie! Ein tanzender Sturmwind trug es von einer Scheune weiter, von Giebel zu Giebel; am Morgen lag das halbe Dorf in Asche. Aber um die Mühle, die doch nahebei stand, hatte der Feuervogel einen Bogen gemacht.

Ein Flüstern begann. Hatte sie es nicht vorher gewußt,

die Rote? Woher kam ihr dies Wissen? Und die Mühle, blieb sie etwa nur verschont, weil sie darin wohnte? Sie hält's wohl mit dem, der Herr ist übers böse Feuer? Die Spinnerinnen haben alle gehört, wie sie geredet hat vom großen Brennen – so grad in die Luft nur, als wär da einer...

Eine Satansbuhlerin ist sie. Sie wird das ganze Dorf noch verderben! Die Männer hat sie schon behext – und hat sie nicht schon wieder geschrien, bleich vom Tisch auffahrend, als man beim Morgenimbiß saß: »Das Wasser, Leute – oh, das wilde Wasser!«

In die Amtsstadt Grevinthal wandern die ehrbaren Weiber und klagen an beim hohen Gericht. Man wird sie ins Stadthaus holen, die rote Hexe, dort wird sich erweisen, wie sie zum Teufel steht, mit dessen Hilfe sie ein halbes Dorf verbrennt. Wird dann selber brennen, die Zündlerin, die Wettermacherin, die Männerverderberin – die Landfremde.

Im Morgengrauen schon wollen sie die Stadtknechte holen.

Das ganze Dorf weiß es, nur Ulla nicht. Die trägt noch, in sich versunken, an dem letzten Gesicht. Schwarzer Himmel, der tief auf den Bergen liegt, brüllender Donner und Wasser – Wasser! In Strömen vom Himmel, von den Berghängen ringsum – das Dorf im schmalen Grund ein See, ein reißender Strom der Bach, mit tanzenden Baumstämmen im braunen Wasser, Hausrat, toten Tieren und – Menschen.

»Erbarme dich ihrer!« betet die Sehende zum Himmel.

Im Morgengrauen will man sie holen – das Geständnis ihrer Buhlschaft mit dem Teufel wird man ihr schon abzwingen – liegt dafür genug Gerät im Peinhaus..., dann gibt es ein hübsch Feuerlein, ein grausam Schauspiel für die Ehrbaren und Frommen, und eine Hexe stirbt, zur Ehre Gottes.

Schwül ist der Julitag vorher. Am Abend steigen Gewitter auf, hängen schwefelgelb und graudunstig über dem Waldland. Als läge die unheimlich drohende Wolkendecke auf den Häuptern der Berge, so lastet der düstere Himmel, tief herabgesunken, über dem Tal, und vor der Zeit wird es dunkel. Mensch und Tier sind seltsam müde von der schweren, drückenden Luft und sinken bald in tiefen Schlaf.

Ein armer Mensch lebt in der Mühle, ein Buckliger, seit je verachtet und verspottet von allen, nur die Fremde war gut zu ihm gewesen, wie sie es eben zu aller Kreatur war. Aber den Krüppel dünkte es ein Gottesgeschenk, einmal in seinem armen Leben Güte zu erfahren, und er war um dieses bißchen Gutseins willen der schönen fremden Magd ergeben mit Leib und Seele.

Nun pocht er in jener bösen Nacht an ihr Kammerfenster, bis sie es spaltbreit öffnet, und flüstert ihr zu, was in der ersten Frühe geschehen soll. Ein entsetzt stöhnender Laut, ein gewürgtes Weinen wilder Angst – das junge Leben wehrt sich gegen den bitteren Tod. »Ich will nicht brennen…«

»Still«, raunt der Verwachsene, »komm heraus. Ich bring dich über die Berge ins fränkische Land, dann können sie lange suchen – ich sag ihnen, der Teufel hätt dich geholt, das glauben sie am ersten.« Er knurrt ein verbittert höhnisches Lachen.

Ulla ist ruhig geworden, hat hastig ein Gewand übergestreift und ihre geringen Habseligkeiten in ein Bündelchen geschnürt. Behutsam, um kein Geräusch zu machen, steigt sie aus dem Fenster, das nicht hoch über der Erde ist zu ihrem Glück.

Der Hofhund winselt nur, als die zwei vorüberhasten, und alles im Haus liegt in tiefem Schlaf, denn es ist um die elfte Stunde. Dann laufen sie im lastenden Dunkel über die ansteigenden Wiesen zum Wald hin, gehetzt bergauf, bis zum Kamm und weiter unter drohenden Gewittern hin, die sich immer noch stumm und stetig zusammenschieben. Sie kommen nicht mehr aus den Bergen heraus, die schweren, regenträchtigen Wolken, bleiben schwarz und alles bedrückend in den Wäldern hängen.

Nach Mitternacht sind die zwei Flüchtigen schon ein gut Stück südlich gewandert. Der Himmel über ihnen ist klar geworden, und vor ihnen läuft der Weg über die Grenze ins Frankenland. Ulla wird sich nun allein weiterfinden.

»Dank«, schluchzt sie jäh auf und preßt dem Verwachsenen die knochige Hand. Er wendet sich zurück, muß im Morgengrauen wieder in der Mühle sein und die Geflohene decken durch falsche Rede – die »Teufelin«. Sein Gesicht verzerrt sich in bitterem Hohn über die ehrsamen, kirchenfrommen Leute, die, ohne zu zaudern, ein wehrloses Menschenkind grausam umgebracht hätten in ihrem Wahn, dessen tiefster Grund der Neid war.

Aber siehe, er brauchte seine Lüge nicht mehr. Um Mitternacht hatte sich der Himmel über dem Ergersgrund aufgetan, feuerspeiend, brüllend und mit Wolkenbrüchen alles überflutend, und bevor die Schlaftrunkenen im Dorf zu sich kamen, war das Wasser schon über ihnen.

Auf den Berghöhen brach rasender Sturm den Wald, die Wildbäche, von unerhörten Regenfluten gespeist, zerstörten den Teichdamm über dem Dorf, so daß nun in tosenden Wirbeln gleich Rammböcken die gebrochenen Baumstämme mit der Wasserflut heranjagten. Häuser barsten, Tiergeschrei und Menschenjammern gingen un-

ter im Tosen der Wasserströme, im heulenden Sturm und brüllenden Donnern – und alles Leben dazu.

Im ersten Morgenlicht, als der Bucklige auf den südlichen Bergen überm Ergersgrund ankommt, haben die Gewitter ausgetobt, aber der entsetzte Mensch sucht vergeblich sein Dorf. Braune wilde Wasser strömen durch den heimatlichen Grund. Ein Stück Mauer steht noch da und dort, ein Dach ragt, abgedeckt, quer heraus, das ganze Tal ist ein breiter, quirlender Strom. Ergersgrund ist verschwunden, und seine Bewohner kommen als stille, bleiche Leute mit der dunklen Flut weit ins breitere, ebene Tal geschwommen…

Es fand sich niemand, der den Ort wieder aufbauen wollte. Was an Trümmern noch übrig und brauchbar war, als das Wasser sich verlaufen hatte, holte sich, wer aus den umliegenden Dörfern gerade etwas benötigte, und der Ergersgrund fiel, mit Fluren und Bachtal, da niemand mehr Anspruch darauf hatte, an die Grafen von Orlamünde, die um diese Zeit die Herrschaft Grevinthal erworben hatten.

Die beinerne Flöte

Auf einem der hohen Berge bei Arnsgereuth über Saalfeld soll in alten Zeiten eine Burg gestanden haben. Sie ist längst in Schutt und Asche gesunken, und nichts blieb von ihr und dem Geschlecht, das sie einst bewohnte; es wurde ausgelöscht durch eine böse Tat.

Als der Herr der Burg, der mit den Orlamündern in Fehde lag, im Kampfe fiel, waren zwei schöne, gesunde Knaben die letzten ihres Stammes. Obwohl die Söhne des Gefallenen fast noch Kinder waren um jene Zeit, begannen sie schon zu streiten, wer von ihnen der Herr sein wird über Burg und Land, wenn sie erwachsen sind, denn sie waren Zwillinge, wenn auch im Wesen einander nicht ähnlich.

Frau Ute, die Mutter, hörte traurig das Gezänk ihrer Knaben, stand auf von ihrem Stickrahmen und brachte aus einem alten Schrein eine seltsame Blume, aus Elfenbein geschnitzt, einer Lilie gleich, doch nicht so kühl und stolz.

»Wer von euch diese Blume blühend findet«, sprach sie mit trübem Lächeln, »der soll der Erbe sein – so hat es der Ahne einst bestimmt und der Vater gutgeheißen.«

Nun begannen die Knaben, wo immer sie weilten, zu suchen. Die Jahre vergingen, und sie wuchsen zu Jünglingen heran. Selten sah man die Brüder zusammen, jeder hatte Freude an anderen Dingen. Iwo, der Wildere, liebte nur Kampf und Waffenspiel und Tierhatz in den Wäldern und war hochmütig und hart gegen Knechte und Bauern. Reimar, stiller und besinnlicher, streifte gern durch die Natur, lernte bei dem Burgkaplan Buchstaben zu malen und sang Lieder zur Laute, die ihn seine Mutter lehrte.

Einmal lockte ihn ein strahlender Sommertag weit hinaus durch Wälder und Auen bis in ein einsames Wiesental, das er noch nie gesehen hatte. Und ihn dünkte, daß hier die Vögel lieblicher sangen als anderswo, Gräser und Blumen erschienen ihm leuchtender in ihren Farben, und der Bach murmelte und klang wie ein seltsam dunkles, süßes Lied, daß der Jüngling verträumt lauschend neben seinem Lauf dahinwanderte, den ganzen weiten Wiesengrund entlang. Dabei war ihm so wohl und weh zugleich ums Herz, als warte ein besonderes Glück oder ein großes Leid auf ihn.

Und siehe, da, wo das singende Wasser am Rande des Waldes sich unter dem dichten Gewirr breitblättriger Sumpfpflanzen verlor und seine Stimme nur noch dumpf und wie von fernher klang, fand er die Blume, die ihm Burg und Land schenken würde. Schmal und steil wuchs sie mit ihrem seltsam geformten Blütenkelch aus dem dunklen Grün empor, strahlend weiß leuchtend. Jubelnd brach sie der junge Burgherr und eilte nun heimwärts, um sie der Mutter zu bringen.

Doch er war weit abgekommen von den Wegen zur Burg, und als er nach langer Wanderung endlich aus dem Walde trat und überm Talgrund das Schloß liegen sah, überfiel ihn eine schwere Müdigkeit. Ein wenig ruhen wollte er, eh er den steilen Burgberg hinansteigen mußte. Legte sich also am Rande des Waldes unter einer schattenspendenden Buche zu kurzer Rast nieder. Aber es wurde ein langer Schlaf daraus.

Als Iwo vorüberritt, sah er den Bruder und die weiße Blume zu Macht und Herrschaft in seiner Hand. Zorn und Neid verdunkelten seinen Sinn, und er war ein Wilder, Unbeherrschter von jeher. Stets lag ihm der Speer locker in der Faust, und er traf den Träumenden mitten ins Herz, daß er im Schlaf in die Ewigkeit sank. Iwo grub den Toten ein, wo er lag, und jagte mit der Blume zur Burg, sie frohlockend der Mutter zu weisen. Nun war er der Herrscher über alles, aber ein finsterer, unsteter. Und im Schloß herrschte eine trübe, traurige Stille, seit Reimar, der Heitere, Liederkundige, darin fehlte, seitdem die Mutter um ihr Kind, das nicht wiedergekommen war, weinte und trauerte.

Iwo heiratete, kaum dem Jünglingsalter entwachsen, auf daß Kinderlärm und -lachen die Gespenster banne, die manchmal bleich und anklagend mit des Bruders Gesicht in den düsteren Ecken standen und die nur er sah, sein Mörder.

Bald sprang auch ein Söhnlein durch Gänge und Säle, im Äußeren dem Vater ähnlich, aber im Wesen sanft und verträumt wie Reimar. Er sang ebenso gern, und die Schatten schienen verschwunden. Doch da geschah es, daß der Knabe, siebenjährig schon, einmal bei einem Hirten eine kleine weiße Flöte sah und hörte, wie dieser ihr wunderbar liebliche und seltsam traurige Töne entlockte. Weil der junge Herr sie haben wollte, gab der Hirt sie ihm. Er hatte sie sich aus einem beinernen Röhrchen gefertigt, das sein Hund einmal unterm Moos hervorgescharrt. Lehrte das Kind auch Liedchen darauf spielen, die aber immer ein bißchen wehmütig klangen.

Dennoch spielte der kleine Harro gern auf dieser weißen Flöte, und die alte Frau Ute mußte weinen, wenn das klagende Beinlein klang, wie damals, als ihr Sohn Reimar nimmer heimkam. Wieder begann sie von dem Verlorenen zu sprechen, Tag um Tag, daß Iwo zornig die Stirn krauste.

Dann kam die Stunde der Vergeltung für ihn. Sie saßen alle im Burggärtlein und Harro auf der Mauer, von der aus man weit ins Land schauen konnte. Es war ein milder

Abend, und der Himmel hinter den Bergen leuchtete bereits purpurn vom letzten Licht der Sonne. Die Wälder rauschten leise, und der Bach im Tal sang fern und dunkel das ewige Lied des wandernden Wassers. Da zog Harro sein Flötchen aus dem Wämslein und begann versonnen zu spielen. Und das war, als klage ein Mensch, so voll Leid und Heimweh. Frau Ute begann leise zu weinen, und Iwo sah wieder den schlafenden Bruder, dem sein Speer ins Herz fuhr, und fühlte, daß die alten Schatten wieder da waren. In allen Ecken und Gängen der Burg und sogar in seinen Träumen lauerten sie auf ihn. Mit Reimars bleichem Gesicht sahen sie ihn an und flüsterten: »Mörder – Dieb.«

Sollte das nie anders werden? In jähem Zorn sprang der Mann auf.

»Laß das Gepfeife! Her mit dem Ding!« Und tat einen raschen Schritt gegen den Sohn. Harro, erschrocken, hielt mit krampfenden Händchen seine Flöte fest. Rot vor Ärger über den Ungehorsam des Kindes, kam der Vater dem Knaben drohend näher. Der wich zurück, entsetzt von dem furchtbaren Blick des Mannes, wankte jäh und stürzte mit einem spitzen Schrei rückwärts über die Mauer, hart auf dem Felsgestein darunter aufprallend. Als Toten trug man ihn in die Burg zurück.

Nun wurde kein Kinderstimmchen mehr laut darin. Das junge Weib des Herrn verging in Kummer und Leid um ihren Knaben – durch die Schuld des Vaters getötet. Sie fürchtete sich vor ihrem Gemahl, ließ ihrer Sippe kundtun, daß sie heim wolle, und ward zurückgeholt von Vater und Brüdern, gegen die sich selbst der wilde Iwo nicht zu wehren vermochte.

Nur die Mutter blieb bei dem Vereinsamten, aber sie war kein Trost und keine Hilfe für den von schweren

Träumen und bleichen Schatten Bedrängten, denn immer noch weinte sie um Reimar und sprach oft von ihm.

Nun war Iwo der Herr über Burg und Land. Ein finsterer Mann, ein von Gespenstern Gehetzter, vom wimmernden Weinen einer alten Frau Gequälter. Er raste sich aus auf Jagden, wo er das ihm zugetriebene Wild zuhauf tötete, ward grausamer denn je gegen Gesinde und Bauern und war gehaßt und gefürchtet wie selten ein Mensch.

So kam es, daß seine Untergebenen aufstanden und gegen die Burg zogen. Sie hätten niemals die festen Mauern überwinden können, auch nicht die Gewappneten des Burgherrn, wenn die nicht selbst ihrem Peiniger Tod und Verderben gewünscht hätten. Sie öffneten dem Bauernhaufen Tor und Tür und halfen, den Verhaßten niederzumachen und die Brandfackel ins Schloß zu werfen, daß nichts von allem blieb als Schutt und Asche, die der Wald überwuchs in vielen Jahrhunderten.

Vom Ende der Geiersburg

In der Nähe der alten Handelsstraße, die, den Kamm des Thüringer Waldes überquerend, Nord und Süd verband seit tausend Jahren, erhebt sich der Geiersberg, auf dessen Gipfel dereinst »Das feste Huus« der Geiersberger stand. Die trugen ihren Namen mit Recht, denn wie die Geier stießen sie von ihrem sicheren Horst hinab ins Tal, wenn der Wächter vom Lugaus einen Warenzug auf der Handelsstraße erspäht hatte. Taten wie alle hochgeborenen Räuber ihrer Zeit, schlugen nieder, was sich wehrte, Geleitsmannen und Kaufleute, und plünderten die mächtigen Planwagen aus oder führten sie ganz und gar hinauf in ihr Raubnest. Kraft ihres Rittertums und ihrer Schwertmacht hatten sie sich zu Gebietern über den ganzen Umkreis gemacht und zwangen das Bauernvolk zu Fron- und Herrendienst, herrschten unumschränkt, willkürlich und grausam – bis auch ihnen die Stunde schlug, bis ein Tag kam, der Anfang sein sollte zu ihrem Ende – und den sie mit einer für ihre Wolfsherzen schier lustigen Hatz begannen. Davon berichtet der Chronist also:

Durch den Wald prasselt's und bricht's, über die Felder rast es mit Pferdeschnauben, Hetzlaut und Hundegekläff. Die Geiersburger sind es, die ein Wild jagen, über Gräben und Hecken, durch Busch und Baum, mit wütendem Eifer; die hechelnde Meute weit voraus, dem Gejagten auf den Fersen, der um sein Leben läuft. Oh, seht – ein Mensch ist's, den sie hetzen wie einen Wolf!

Jetzt rennt er über die Sumpfwiesen, schnellt wie ein Hirsch über Tümpel und Gräben, die Hunde dichtauf. Noch zwei Atemzüge, dann wird ihn der dunkle Rüde, der beste der Meute und der blutgierigste, niederreißen...

Der Gehetzte weiß es wohl, und er wirft sich mit einem letzten verzweifelten Sprung über das faule Wasser des Grabens, der die Wiesen vom schwarzen Sumpf trennt, über Farne und Binsen und trügerische Mooskissen hinweg ins wilde Moor, das vielleicht gnädiger mit ihm ist als die, die ihn jagen...

Es ist ihm gnädig! Der schmale Streifen festen Bodens zwischen den blasigen Tümpeln trüben Moorwassers schwankt wohl unter dem gewaltigen Aufsprung, aber er hält, und wirres Pflanzenwerk schließt sich barmherzig über dem Verfolgten, als er weiterkriecht ins bergende Dickicht.

Der rasende Rüde ist ihm nachgesetzt und platscht, da er ja ohne die Vernunft und letzte Berechnung des Menschen springt, in eine Lache, unter der ihn zäh und schlammig die Erde des Moores festhält und ihn unwiderstehlich hinunterzieht, daß er gräßlich heulend und blaffend versinkt.

Die draußen können ihm nicht helfen und wissen nun auch, daß sie ihr »Wild« heute nicht mehr fangen – jetzt vielleicht überhaupt nicht mehr. Das Moor ist weit und bietet Schlupfwinkel genug für den, dem es vertraut ist, aber es bringt dem Tod und Verderben, der es nicht ganz genau kennt. Und die Bauern haben es allemal besser gekannt als die Herren und ihre Knechte.

Schroff wendet der alte Geiersburger den dampfenden Hengst, rote Wut, nur mühsam gebändigt, im hochfahrenden Gesicht. Verflucht! Der Kerl ihm entgangen, der dreiste, der ihm einen guten Hirsch erschlug, nur weil das edle Tier allabendlich auf seinem Acker äste.

Sie waren von jeher ein aufsässig Geschlecht gewesen, die aus der Schmiede, pochten stets darauf, daß sie frei waren, und duckten sich nicht so leicht wie alle anderen im Dorf am Fuße des Geiersberges. Vielleicht auch, weil sie die Waffen, die sie schmiedeten, selbst zu führen verstanden. Es war wieder einmal an der Zeit, sie den Herrn fühlen zu lassen und das Herrenrecht. Verdammt sollten sie sein, diese ewig Aufsässigen!

Immer finsterer wird das harte, großgeschnittene Gesicht des Geiersburgers, so daß sein Gefolge keinen Laut wagt und fast atemlos des neuen Befehls harrt. Selbst der Neffe des grimmigen Alten, ein sonst recht selbstbewußter Höfling, sitzt schweigend, wenn auch mit spöttischem Blick den wütenden Oheim streifend. Wozu nur diesen Aufwand an Zorn und Kraft um einen Hirsch, einen Hund und einen Schmiedegesellen? denkt er.

Aber der Geiersburger ist eben von anderer Art als sein Schwestersohn, er will seinen Zorn heute noch kühlen, hat nicht – wie jener – im höfischen Leben gelernt, sich zurückzuhalten. Sollen es jetzt die anderen büßen in der Schmiede, mögen sie auch verkünden, daß sie frei sind und ohne Schuld. Er ist doch der Herr, und der Schrei eines Untergebenen dringt nicht weit, schon gar nicht bis zum Gericht, das zuerst für den Adel einzutreten hat und seine tausend Rechte, die ihn turmhoch erheben über den gemeinen Mann. So wird er sich den Bruder des Entkommenen als Geisel holen. Den wird er gefangenhalten auf der Burg, bis der andere kommt, ihn zu lösen mit Leib und Leben.

Auf, zur Schmiede! Heio, das gibt einen neuen Tanz!

In leichtem Trab geht's über die Wiesen, die Waffen klirren, die Meute bläfft, und die Reiter sind freudig erregt, als ginge es zu einem Fest. Nur des höfischen Neffen blasses und immer ein wenig müdes Gesicht schaut gelangweilt und fast mißmutig drein. Diese lärmenden, zornmütigen Ritte sind ihm kein Vergnügen, zu gering ist ihm der Anlaß. Viel lieber wäre er mit der letzten Geiersburgerin, seiner Base Gertrudis, allein und ruhevoll durch die Flur geritten. Hat er doch nur darum dem heiteren, sorglosen Hofleben entsagt, um sie und die Geiersburg zu gewinnen, auf die kein männlicher Erbe wartet.

Mit Hussa und Hallo preschen jetzt die Burgleute ins Dorf. Waffen blitzen, und bunte Federn wehen über Hundegekläff und Roßgetrabe. Aber das Dorf hat keine Freude daran. Es duckt sich, verschließt sich. Der Ruf eines Hirtenjungen vom Anger her gab den Alarm. Leer sind die Höfe. Sogar das Hühnervolk flüchtet kreischend vor den Reitern.

Schon steht der Geiersburger mit gewappneten Knechten im roten Feuerschein der Schmiede, wo der junge Bruder des Entwichenen, der dunkle Andreas, über glühendem Eisen den Hammer schwingt.

»Packt ihn!«

Der Schmied springt zurück und läßt den schweren Hammer kreisend sausen. Das hält die Angreifer fern, und der Ritter weiß, so bekommen sie ihn nicht. Dazu treten eben die Eltern herein, die Mutter in entsetzter Angst, der Vater mit stummem Haß im Blick, sichtbar bereit, dem Sohne beizustehn.

Der sonst allmächtige Gestrenge scheint einen Augenblick schier hilflos – rasches Denken ist nicht seine starke Seite. Doch da rät die glatte, kühle Stimme seines Neffen: »Greift Euch doch den Alten...«

Die Knechte packen schnell zu – leichte Arbeit, einen alten Mann ohne Wehr festzunehmen. Der Höfling hat richtig gerechnet. Es reißt dem Sohn den Hammer aus den Händen.

»Laßt ihn los«, schreit er zornig, »ich geh mit!« Und er streckt die eisernen Fäuste, die jeden von ihnen auch ohne

Waffe zerschmettert hätten, den Knechten hin, damit sie ihn binden können. Aber ein wilder Glanz ist in seinen Augen, und gestrafft in hartem Widerstandswillen ist der ganze junge Mensch, als sie dann mit ihm burgwärts ziehen. Er hat sogar seiner Mutter, die aufjammernd die Hände nach ihm gestreckt, noch tröstlich zugelacht und gerufen: »Sorgt Euch nicht, Mutter, ich komm wieder!«

Der Geiersburger, dessen aufbrausender Zorn nun mit diesem leichten Erfolg seine Genugtuung fand, betrachtet den hochgewachsenen Schmiedesohn mit steigendem Wohlgefallen, wie er so trotzig und ungebeugt, so frei daherschreitet, und denkt bei sich: Solche Waffenknechte müßte man haben! Aber aus dem Geschlecht der freien Schmiede war noch keiner ein Herrenknecht geworden.

Im Saal beim Kamin steht der Gefangene nun ohne Fesseln. Vor ihm am klobigen Eichentisch sitzt der Burgherr und macht ihm klar, was er will. Einen guten, treuen Waffenknecht – und die Strafe ist erlassen. Sagt ihm aber auch, was ihm geschieht, schlägt er das gute Angebot aus: Marter und Tod.

»Du weißt jetzo meinen Willen. Fügst du dich nicht, so zwing ich dich.«

»Zwingen«, Andreas lacht mit starken, weißen Zähnen dem Drohenden ins Gesicht. »Zwingen, Geiersburger, laß ich mich nicht! Da, seht, was mir Schmerzen sind!« Und er hält die dunkle, harte Hand ins lodernde Feuer des Kamins.

Atemlos stehen die Knechte, betroffen sitzt der Ritter, sogar der blasierte Höfling vergißt sein überlegen spöttisches Lächeln.

Da springt jäh das Fräulein Gertrudis vor, die in der Fensternische gesessen hat und wohl im Augenblick selbst noch nicht weiß, warum sie die freiwilligen Schmerzen eines Gefangenen kümmern, und reißt den Mann zurück.

Ganz bleich ist ihr junges Gesicht, ihre Augen flammen, und sie findet in ihrem zornigen Mitleiden das rechte Wort für des Ritters Ohr: »Soll diese Hand je noch ein Schwert führen für Euch, Herr Vater, wenn Ihr sie verbrennen laßt?«

Recht hat sie, denkt der Geiersburger und läßt es geschehen, daß seine Tochter die Hand mit Salbe bestreicht und mit Linnen verbindet, denn solche Männer – zum Donner – solche Männer aus Eisen und Kraft und Willen, die braucht man bitter nötig! Läppisches Gesindel sind seine Soldknechte dagegen. Den Schmied muß er haben! Also sprach er nach gegebener Zeit wieder freundlich zu seinem Gefangenen und gestattete ihm freie Bewegung innerhalb der Burgmauern. Vielleicht, daß der tapfere Junge so selbst Freude gewann am Leben der Gewappneten – war ja wie geschaffen zum Waffendienst.

Nein! Der blieb stur. Lieber sollten sie ihm selbst den Schädel einschlagen, eh er sich verleiten ließ, Verrat an seinen eigenen Leuten zu üben.

Oft in trübe Grübeleien versunken und mit seinen Gedanken meist im Tal, merkte Andreas nicht, wie ihn Gertrudis manchmal anders ansah als sonst wohl eine Edeldame einen Gefangenen. Auch ahnte er nicht, daß er seine Freiheit hinter den Burgmauern nur noch ihrer Fürsprache zu verdanken hatte.

Der Geiersburger hatte nicht die Geduld, ewig auf die Zusage des Schmieds zu warten, so gern er ihn auch im Troß seiner Waffenknechte gesehen hätte. Doch Gertrudis fand immer wieder die rechten Worte.

»Je fester der Wille, um so besser der Mann, Herr Vater – und solcher wiegt Euch zehn Söldner auf, ist er erst einmal für uns gewonnen.« Und jedesmal gab der Alte noch eine kurze Frist zu. Auch schien es, als kämen nun Zeiten, da man froh sein mußte um jeden Mann, hatte doch überall im Lande ein seltsam Wesen begonnen, und es hieß, allenthalben empören sich die Bauern gegen ihre Herren.

Wenn ein Geiersburger auch keine Furcht hatte vor geringem Volk, sein Haus war nicht als Wehrburg erbaut, sondern mit viel Holz – es konnte ein bös Ding werden, wenn da etwa der rote Hahn hineinflog...

Zudem brachten ihm seine Späher Kunde, daß in den Dörfern am Fuße des Geiersberges plötzlich eine absonderliche Unruhe umgehe, und bald kannten sie auch den Grund dafür. Sie berichteten, der rebellische Schmiedesohn sei zurückgekommen und werbe allenthalben für eine Sache, die gegen den Geiersburger ginge. In der Schmiede träfen sich die Aufständischen in dunklen Nächten.

»Gut so«, lachte der Ritter grimmig, »dann haben wir sie alle zusammen und werden das Nest ausheben.«

Es begann zu dunkeln, als einer der Kundschafter den Geiersberg in einem Teufelsritt nahm und mit jagendem Atem berichtete, daß jetzt Wanderer über die Wege im Tal zögen und – mochten sie gen Westen sich gewandt haben oder von Süden kommen und vom Norden her – daß sich aller Schritte gegen die Schmiede richteten.

Der Burgherr saß mit seinem Neffen beim Abendtrunk, die Tochter in einer Fensternische, die einen weiten Blick gab über das langsam im Dämmer vergehende Bergland. Versonnen betrachtete Gertrudis die wellige Ebene, die dunklen Hügel der Wälder. Da weckte sie das dröhnende Lachen des Vaters.

»So haben wir den Wolf in der Falle und das ganze Rebellenpack dazu!«

»Nicht das ganze – und es kann sich neues entwikkeln...« Die kühle Stimme des Höflings hob sich kaum, aber der Geiersburger verstand und dröhnte wieder: »Ho, unser Schmied! Erst einmal in sichern Gewahrsam mit dem Kerl! Und wenn wir drunten fertig sind, werde ich ihn noch einmal fragen: ›Herrendienst – oder hinunter mit dir, wo du hergekommen bist, aber ohne Atem und mit zerschmetterten Knochen!‹«

Das Fräulein im Erker sitzt wie erstarrt. Es weiß, der Schmied wird sich nicht beugen – und dann muß er hinunter...

Indem erheben sich die Männer. Der Alte schreit herum, läßt wappnen, stampft klirrend in den Hof, gefolgt von seinem Schatten, dem künftigen Eidam.

Drunten ein kurzer Befehl. Sie bringen den Gefangenen hinauf in die oberste feste Turmkammer. Hinter ihm schlägt die schwere Bohlentür zu, der Riegel schiebt sich mit hartem Kreischen in die Eisenklammern.

Durch die dicken Mauern dringt kein Laut von außen. Andreas hört nicht, wie sie sich im Burghof sammeln zum Ausritt. Alle! Zurück bleiben nur die Mägde mit der greisen Schaffnerin und der Torhüter – und das Fräulein.

Die Geiersburger reiten sacht, mit aller Vorsicht. Kein Laut soll sie verraten, bis sie in den Hof der Schmiede brausen und das rebellische Gesindel zusammenhacken werden. Nachher wird wohl wieder Ruhe sein im Land um die Geiersburg, wenn die Aufrührer, die jetzo alle in der Falle sitzen, stumm gemacht sind!

Auf halbem Weg, just auf der schmalen Brücke, die über den Wildbach führt, wird der Reitertrupp einmal kurz aufgehalten. Das Pferd eines an der Spitze reitenden Waffenknechts scheut, von einem vorüberstreifenden Nachtvogel erschreckt, bäumt sich jäh auf und wirft seinen Reiter ab. Über das niedere Geländer der hölzernen Brücke stürzt der schwer Gewappnete in die tiefe, enge Rinne des Wildbaches und erhebt sich, behindert von Beinschienen und Panzern, nur schwerfällig, vermag auch nur langsam den steilen Uferrand emporzuklimmen, und so gibt es einen kurzen Aufenthalt, der sich verhängnisvoll auswirken soll.

Kaum daß die Siegessicheren aus dem Burgtor waren, eilte ein leichter Schritt die Turmtreppe hinauf zum Verlies des Schmiedes. Das Fräulein, die Fackel in der Hand, bebenden Herzens. Sie sollen ihn nicht zerschmettern!

Mit aller Kraft reißt und zerrt das Mädchen an dem schweren Riegel, bis er nachgibt, und stößt die Tür auf, hinter der der Gefangene sitzt, von ruhelos schweifenden Gedanken bedrängt. Da muß doch etwas Besonderes sein – noch nie haben sie ihn so eingesperrt. Und das zornrote Gesicht des Geiersburgers hatte nichts Gutes verheißen. Wem wohl? Denen im Tal – wem sonst? Und er muß hier sitzen. Untätig! Verzweifelt stöhnt er auf und möchte mit seinen Fäusten die Mauern durchbrechen, möchte sehen, hören – wissen, was da draußen geschieht.

Da klirrt der Riegel, knarrend öffnet sich die schwere Tür, und im flackernden Schein der Pechfackel steht das Fräulein Gertrudis und stammelt mit atemlos flatternder Stimme: »Flieh – sie sind alle hinunter – schlagen deine Leute tot – und – auch dich, wenn sie wiederkommen ...«

Für Sekunden starrt er das Mädchen an, wirbeln ihm die Gedanken durcheinander – die Mutter in Not, der Vater allein. Dann stürzt er an der schmalen Gestalt vorbei ins Freie durch die offene Tür, jagt die enge Treppe hinunter, rast über den leeren, stillen Burghof zum Tor.

Der Pförtner tritt ihm entgegen; ein Faustschlag trifft den Alten, und lautlos bricht er zusammen.

Das Tor auf! Knarrend dreht sich der Flügel. Hindurch! Vor dem Eilenden dehnt sich der Reit- und Fahrweg in weit geschwungenen Serpentinen um den Berg ins Tal hinab. Andreas weiß nicht, traben die Burgleute sacht, um keinen Lärm zu machen, talwärts oder sind sie in scharfem Ritt hinuntergesaust.

Er ahnt nicht, daß viele und waffenkundige Männer sich in der Schmiede getroffen haben. Unterdrückte, die die Lasten nicht mehr tragen wollen, die ihnen die Willkür der adligen Herren auflud, sichere, gute Leute, die sein Bruder geworben hat in der Zeit, da er rastlos durchs Land gezogen ist. Sie wollen eines Tages Gericht halten über ihre Henker, die sie geschunden und gemartert haben und ausgepreßt oft bis zum letzten Korn, die einen Menschen ungestraft erschlagen durften um ein Wild des Waldes. Er weiß nur, was das Fräulein ihm gesagt hat – die Eltern in Todesnot –, und jagt, die Straße meidend, kerzengerade den steilen Berg hinab. Da ist kein Weg. Quer durch den Wald stürzt er, über Felsgestein und Geröll, durch schwarze Finsternis und dichten Busch, und nichts weist ihm die Richtung als sein Instinkt – und sein Herz, das ihn zu den bedrohten Eltern reißt.

Zerschunden, zerschlagen erreicht er den Talgrund in kurzen Minuten, die sumpfigen Wiesen, durchquert sie mit weiten Sprüngen. Das Herz rast ihm, der Atem geht keuchend, das Blut braust in den Ohren. Weit ist das Wiesental. Wo duckt sich die Schmiede in dieser Finsternis? Wo das Dorf? Da – der Bach. Im Schwung des Laufes stürzt Andreas hinein, rafft sich auf, jetzt weiß er den Weg, auch durch die schwärzeste Nacht.

Er prallt plötzlich gegen den Hofzaun, findet das Tor. Alles ist noch ruhig! Totenstill liegt die Schmiede. Er klopft ans Fenster, ruft heiser, gewürgt vom wild gehenden Atem: »Auf – auf – die Geiersburger kommen! Auf – Andreas ist's ...«

Da tut sich die schwere Tür zur Schmiede auf, ein Lichtschein fällt kurz heraus. Eine bekannt Stimme – des Bruders Stimme – ist neben seinem Ohr.

»Leise – was ist?«

»Die Burgleute kommen – sind unterwegs herunter – der ganze Troß«, stammelt Andreas, »sie wollen euch alle erschlagen.«

Die Hand des Bruders zieht den Jüngeren durch die Tür. Für einen Moment fühlt er sich geblendet. Dann sieht er: Die Fackeln brennen im Ring, das Fenster ist dicht verhängt, und überall sitzen und stehen Männer, bekannte und fremde. Der Bruder schreit in ihre erschrokken fragenden Gesichter: »Die Waffen heraus! Die Geiersburger kommen!«

Sie stürzen in die Ecke hinter den Feuersteinen, reißen Bretter von einem Verschlag. Andreas starrt in das Gewirr der bewegten Leiber und Arme. Sieht plötzlich Schwertklingen blitzen und Streitäxte, sieht Spieße sich heben und schwere Eichenkeulen, mit eisernen Stacheln gespickt. Dann hört er die knappe, befehlende Stimme eines stämmigen und doch federnden Mannes mit einem harten, dunklen Gesicht: »Wir müssen hinaus. Hier ist kein Raum zum Kampf. Sie wollten uns überrumpeln und abschlachten wie die Hühner im Stall – nun soll der Überfall von uns aus kommen. Verbergt euch im Hof überall, und wenn sie abgesessen sind, dann drauf!«

Einem jungen Burschen ruft er zu: »Hänslein, du wirst die Fackeln halten, zwei, wir brauchen Licht, damit wir wissen, wen wir erschlagen.« Er lacht kurz und grimmig auf.

Indem kommt die Wache vom Weg herein.

»Ich hör sie traben vom Geiersberg her. Ganz nahe schon!«

»Hinaus!«

Im Nu ist die Schmiede leer. Auch Andreas hat seinen Hammer und steht nun mit dem Vater lauernd am Hofgatter, die anderen in Winkeln geborgen, an Zaun und Hausmauern gepreßt, in wilder Bereitschaft. Nur das Bürschlein mit den Fackeln ist noch in der Schmiedehalle dicht beim Tor, gespannt horchend wie ein Luchs. Und als er draußen Pferdehufe klappern hört und Waffenklirren, einen gedämpften Befehl, stößt er die Tür auf, und der flackernde Feuerschein der Fackeln beleuchtet die Gewappneten, die erschrocken stehen und verblüfft in die leere Halle starren.

Da sind die Bauern schon über ihnen, und ein wilder Kampf hebt an. Und diesmal sind sie im Vorteil, weil die Burgleute ja nicht mit Bewaffneten und Vorbereiteten gerechnet haben – und auch nicht mit so vielen!

Das Hänslein springt mit seinen Leuchtern vor und zurück, bis ihn der letzte Schwung eines Schwertstreiches trifft, so daß die Fackel zur Erde fällt und erlischt. Auch der Junge selbst stürzt und begräbt die zweite Fackel unter sich. Schwarzes Dunkel für Augenblicke über Waffenlärm, Keuchen und wirrem Geschrei. Dann leuchtet jäh eine neue Fackel den Geiersburgern in die Hölle. Die alte Schmiedin steht plötzlich im Hof, hält mit hagerem Arm das Licht hoch für den Kampf, der den Unterdrückten die Freiheit bringen soll.

Sie sieht ihren Ältesten stürzen und stöhnend zur Seite kriechen, die Hand auf die Brust gepreßt, um das Blut einer Schwertwunde zu stillen. Ihr Herz erbebt, reißt sie zum Sohn, ihm zu helfen, doch steht sie starr. Sie brauchen Licht für ihren Kampf gegen die Teufel vom Geiersberg! Sterben sollen sie alle, der adlige Schinder und seine Henkersknechte!

Nun, sie mußten alle vergehen; und auch so mancher von den Bauern lag im Morgengrauen stumm zwischen den toten Burgleuten oder verwundet wie der ältere Schmiedesohn im Haus. Aber die noch aufrecht zu gehen vermochten, nahmen jetzt den Weg zur Burg. Brennen sollte sie und in sich zusammenstürzen, damit sich kein hochgeborener Räuber wieder darin einnisten kann.

Sie hatten's leicht, in das »Feste Haus« einzudringen. Das Tor stand offen. Ein stiller Mann, der ihnen den Eingang nicht wehrte, lag dabei. Die Mägde flohen kreischend nach allen Seiten auseinander, als der bewaffnete Haufe in Hof und Halle drang. Nur die Burgtochter Gertrudis stand bleich und reglos allein in dem weiten Raum. Sie begriff, daß sie den Vater verraten hatte, um den Mann, den sie liebte, zu retten, starrte entsetzt in die fremden, wilden Gesichter – von denen ihr manch eines bekannt erschien.

Es blieb ihr nicht lange Zeit zum Denken. Einer der fremden Bauern hob die Keule gegen sie und brüllte: »Zur Hölle mit der ganzen Brut!« Da schlug eine harte Faust den Arm des Wütenden beiseite, und Andreas, der Schmied, stellte sich schützend vor das Fräulein.

»Rührt sie mir nicht an«, schrie er, »sie allein hat uns gerettet!« Und er drängte die Bebende zurück, hinaus, gegen die Turmtreppe, den Weiterstürmenden aus dem Weg.

Einen Augenblick lehnte das Mädchen, halb besinnungslos von all dem Schrecken, an der Mauer hinter dem Rücken des Schmiedes. Doch als die unmittelbare Gefahr vorüber war, erwachte sie aus ihrer Erstarrung. Bauern in der Burg – so waren die Ihren gewiß alle erschlagen, auch der Vater, den sie verraten hatte. Sie – sein Kind! Und mit einem wehen, schluchzenden Laut hastete sie plötzlich die Turmtreppe empor, wie gehetzt fliehend vor den Schritten des Andreas, die ihr eilends folgten.

Nein, sie wollte nicht, daß er sie erreichte, sie schützte. Der Vater erschlagen, durch ihre Schuld! Von der Brü-

stung des Söllers ließ sie sich fallen in die grausame Tiefe.

Bald begann es zu brennen. Die Stürmenden hatten ihre Fackeln in Speicher und Holzwerk geworfen, so daß überall rasche Flammen aufzüngelten und das Feuertier bald auf schnellen Füßen durch die ganze Burg lief. Lichterloh brennend, ragte der Geierhorst für kurze Zeit in einen düsteren Himmel. Der nächste Tag aber fand das Haupt des Berges in dunklen Qualm gehüllt, und als auch die letzten Rauchwolken endlich schwanden, war nichts mehr übrig von der hohen Räuberburg als Mauerreste, verkohlte Trümmer und schwarze Asche, die der Wind verwehte.

Die Ziege fängt den Wolf

Eine gewiß nicht alltägliche Begebenheit soll sich einmal bei Seebach zugetragen haben. Dort stand außerhalb des Ortes ein altes, halbverfallenes Kirchlein. In seinem Hof und ringsherum auf Steinschutt und Mauerresten wucherten Buschwerk und Wildgras. Dahin ging dereinst eine arme Frau aus Seebach, um Futter zu holen für ihre Ziege, denn sie besaß keine eigene Wiese. Was sie an Rainen und auf Schutthalden absichelte, trocknete sie für den Winter. Im Sommer aber mußte sich die Ziege ihr Gras selbst suchen.

Darum hatte die Frau das Tier auch jetzt bei sich, und sie band es, damit es nicht etwa in die nahen Bauernfelder entlief, an der Kirchentür fest, die längst nicht mehr verschlossen wurde. Ihr kleines Kind, noch im Wickelkissen, legte sie, auf daß sich nicht von ungefähr eine giftige Otter zu ihm schlängele, in die Kirche auf den leeren Altar. Eifrig begann das Weib zu sicheln und zu rechen, und es entfernte sich immer mehr von der Kirche.

Unterdessen schleicht ein alter Wolf, der die Ziege gewittert hat, vom nahen Wartberg her durchs Gebüsch

und springt jählings auf die Ziege zu. Die schießt in ihrem Schreck in die Kirche und reißt mit ihrem Strick die Tür weit auf. Der Wolf mit mächtigem Satz hinterdrein und im Schuß an der Ziege vorbei. Das entsetzte Tier in seiner Todesangst aber fährt sogleich wieder zurück und hinaus, soweit der Strick reicht, und reißt mit ihm die Tür ins Schloß, so daß der Wolf in der Kirche gefangen ist. Die Frau, von dem plötzlichen Gelärm herbeigerufen, kommt gelaufen und sieht durchs zerbrochene Fenster das Untier im Kirchenschiff umherrennen. Schreit, schreit, daß die Bauern auf den nahen Feldern es hören und eilends herbeigesprungen kommen. Mit ihren Hacken und Sensen machen sie dem alten Räuber bald den Garaus. Unterdes schlief das Kind friedlich auf dem Altar.

Drachenlegende

Bei Leutnitz gibt es eine halbverfallene Höhle, die einst wohl gewaltig groß und tief gewesen sein muß und weit in die Erde führte, sonst hätte das Ungeheuer, von dem die Sage erzählt, gewiß keinen Platz darin gehabt. War dieser Lindwurm doch so umfangreich, daß er, wenn er Durst verspürte, einfach seinen Hals dehnte und den Rachen vor das Rinneflüßchen im Talgrund schob und alles Wasser soff, also daß die Mühlen weiter drunten oft stundenlang stillstehn mußten, den ehrlichen Müllern sehr zum Leid, bis das Ungetüm den Ranzen voll hatte. Doch mußten sie es dulden, weil keiner es wagen konnte, dem Drachen, schon seiner Riesengröße wegen, zu Leibe zu gehen. Alles Lebendige, Mensch wie Tier, das ihm nahe kam, war rettungslos verloren, und so blieb der Teufelswurm lange Zeit die größte Plage in dieser sonst so friedlichen Gegend.

Nun zog dereinst die fromme Paulina, die das Kloster Paulinzella hatte erbauen lassen, mit ihren Schwestern in der Nähe der Drachenhöhle vorüber. Zu spät und voller Entsetzen gewahrte sie das lauernde Ungetüm. In ihrer großen Not rief sie den Himmel um Beistand an – und siehe, es geschah etwas Seltsames. Der Lindwurm hatte wohl, als er gedachte, den ganzen Zug der Frauen auf einmal zu verschlingen, den Rachen allzuweit aufgerissen, also daß ihm der Unterkiefer aus der Pfanne sprang und er sein Gefräß nicht mehr zu schließen vermochte. Nun konnte die heilige Paulina mit ihrem Gefolge ungefährdet ihres Weges weiterziehen.

Der Riesenwurm aber lag mit aufgesperrtem Rachen, von greulichem Hunger geplagt, und lauerte, ob nicht irgendein Geschöpf aus Fleisch und Blut durch die Weite seines Schlundes geradewegs in seinen knurrenden Magen spazieren möchte. Doch jedermann blieb dem Scheusal so weit wie möglich vom Leibe, und die Mühlen am Rinneflüßchen hatten jetzo gute Zeit. Die klapperten Tag und Nacht ihren fröhlichen Takt, floß doch nun ungehemmt das Wasser zu Tal, und im übrigen gelangte auch alles Lebendige ungefährdet an der Drachenhöhle vorbei. Aber wehe, wenn der Kiefer etwa wieder in die Pfanne zurücksprang, ehe das Untier des Hungertodes verblichen war!

In dieser kritischen Zeit kam eines Tages spätabends im Dämmerdunkel ein fremder Fuhrmann mit schwerbepacktem Wagen des Wegs. Er sah den weit aufgerissenen ungeheuren Rachen des Drachens im Duster des Zwielichts für eine überdachte Brücke an. Fuhr also frisch drauflos mit Hü und Hott und Peitschenknall auf dem

schmalen, rauhen Weg, für den er die Zunge des Untiers hielt. Aber wie es dabei immer dunkler um ihn wurde, rief er bedenklich seinem Knecht zu: »Johann, es scheint, wir haben uns verfahren, die Brücke nimmt ja kein Ende. Wir müssen wenden!«

Sie taten dies denn auch und kamen wieder aus dem Schlund heraus. Da unterdessen der Mond aufgegangen war, erkannten sie entsetzt, wo sie gewesen waren. Doch weil sie der Lindwurm nicht verschlungen hatte samt Pferd und Wagen, faßten sie Mut und betrachteten mit gehobenen Laternen das seltsam gebannte Ungeheuer näher, wobei sie alsbald die Ursache seiner wohlwollenden Haltung erkannten und nunmehr ihrerseits auf weniger wohlwollende Gedanken kamen. Der Fuhrmann, ein rascher Kerl, nahm die scharfe Axt aus seinem Karren und hieb dem Untier die hochgeschwollene Halsader entzwei, was ihm freilich erst nach manch hartem Schlag gelang. Doch dann begann das schwarze Drachenblut zu fließen – floß beinahe drei Monde lang und machte die Umgebung auf lange Zeit zu einem scheußlichen Sumpf. Selbst heute noch gibt es dort, wo der Teufelswurm einst verendet sein soll, nasse Wiesen und Felder.

Eine seltsame Geschichte

Um das Jahr 1379 war große Teuerung und schier eine Hungersnot im Thüringer Land, also daß manches Kindlein und manch alter Mensch, der nicht nach Brot zu gehen vermochte, verhungerten. Betraf diese Not doch hauptsächlich die Armen, denn um blanke Münze war immer noch Brot zu haben, und gutgestellte Bürger, Handelsherren und Klosterleute konnten, wenn auch nicht eben im Überfluß leben, so doch satt werden.

In dieser harten Zeit gab es im Kloster Reinhardsbrunn einen wahrhaft frommen Bruder, Wolfhart geheißen. Er war der Meister im Backhaus und vermochte damit den Armen, die bettelnd kamen, vom Klosterbrot mitzuteilen, was er auch reichlich tat.

Als nun dem fetten Abt des Klosters von ungefähr zu Ohren kam, wie groß die Not im Lande sei und wahrscheinlich noch schlimmer werde, ward er sehr besorgt um seinen und seiner Brüder dicken Bauch. Er befahl dem Backmeister, nichts weiter an Nahrung herauszugeben als das wenige, das übrigblieb vom Tisch der Mönche, wenn sie selbst genugsam gesättigt seien.

Jedoch vermocht der Bruder Wolfhart nicht, die Armen, wenn sie bittend die dürren Hände hoben, ohne Gabe fortzuschicken, und er steckte ihnen manches zu, was verboten war. Dies blieb nicht lange geheim. Mißgünstige Mönche, die die gleiche Sorge hatten wie ihr Abt, daß ihnen etwa ein Geringes an ihres Leibes Wohlfahrt gebrechen könnte, verrieten den Bruder an jenen. Darauf ließ der Abt das große Tor schließen, damit die Bettelnden nicht mehr zum Backhaus gelangen konnten und vor der Klostermauer auf die geringen Abfälle warten mußten. Weil so aber nur wenige der Hungrigen notdürf-

tig gesättigt werden konnten, schnitt Wolfhart heimlich große Brote zu kleinen Stücken, verbarg sie unter seiner weiten Kutte und trug sie vor das Tor, also daß jeder der Ärmsten etwas abbekam.

Aber auch das spionierte bald ein neidischer Pfaffe aus und gab dem Abt wiederum Bericht über des Bruders Ungehorsam und Diebstahl am Klostergut, was durch harte Strafe geahndet werden sollte. Darum wartete der Abt jetzt hinter dem Backhaus, um den Meister auf frischer Tat zu ertappen. Sah ihn auch heraustreten und ließ ihn vorangehen bis fast zum Tor. Erst dann rief er ihn mit scharfer Stimme an: »He, Bruder Wolfhart, was traget Ihr da so schwer im Kleide?«

»Oh, Herr«, stotterte da der Erschrockene, »ich – ich trage nur Späne ins Torhaus.«

»Soso – Späne«, sagte der Abt mit bösem Lächeln und tat dem Bruder das Kleid auseinander, wodurch alles, was darin verborgen war, zur Erde fiel. Und siehe – es waren wirklich Späne.

Sage von der Richtstatt

Mitten in den Wäldern Südthüringens, unterhalb des Rennsteigs, gibt es einen Ort, »Richtstatt« genannt. Man hat den Ursprung dieser Bezeichnung noch nicht zu ergründen vermocht, obgleich angenommen wird, daß es sich vielleicht um eine Richtstätte aus dem Mittelalter handelt. Für diese Vermutung liegt die Stelle aber wiederum zu weit ab von der damals einzigen gerichtbaren Stadt in dieser Gegend, Gräfenthal.

So umgeistern Sagen und Geheimnisse diesen stillen Waldort, der am Tage nicht anders aussieht als der Bergwald seiner Umgebung mit Höhen und Hängen und Tälern. Aber nachts soll es nicht geheuer sein. Dann rauschen die alten Tannen so eigen und heben sich wild zerrissen und schwarz in den Himmel. Das faule Holz uralter Baumstümpfe leuchtet mit einem blassen bläulichen Schein aus der Finsternis. Im Rieseln einer Quelle, die dort entspringt und als kleiner Bach in den Giftiggrund fließt, klingt es wie leises Weinen.

Es wohnen freilich Waldkäuze in der Gegend, und abends lacht manchmal noch ein Schwarzspecht gellend im Hochwald. Erschreckend für furchtsame nächtliche

Wanderer mag auch der jähe kühle Hauch sein, durch eine kleine aufgeschreckte Eule verursacht, die mit lautlosem Flügelschlag unsichtbar über ihn hinstrich, besonders für den, der um die alten Sagen weiß, die von der Richtstatt erzählen und von denen hier die wahrscheinlichste wiedergegeben sei:

So soll weiter östlich einst eine Burg gestanden haben, am Anfang des Arnsbachtales, gegenüber der Teufelskanzel, auf dem spitzen Bergkegel kurz vor der »Spechtsbrunner Höhe«. Dort hauste ein alter Ritter, ein gewaltiger, finsterer Mann, Hartmut von Tann, der hatte sich in seinen hohen Jahren noch eine blutjunge Gemahlin aus dem Frankenlande geholt. Die Sippe des Fräuleins, das eine Waise und dazu arm war, hatte dieses nicht groß gefragt um seinen Willen, und es kam, ein halbes Kind noch, aus dem sonnigen Frankenlande in die schwarzen Berge und in die große Einsamkeit des Thüringer Waldes zu einem herrischen alten Mann, der dem weichen, sehnsüchtigen Wesen seiner Frau im Grunde doch fremd blieb. Zu groß war der Unterschied an Jahren und Art. Die junge Burgherrin fror immer ein bißchen und sehnte sich nach Gefährtinnen und Sonne.

Wohl gab es auch Feste und Lärm genug auf der Burg, und es waren oft junge Knappen da, Söhne anderer Herren, die der alte Recke ritterlich das Kriegshandwerk lehrte. Einer, aus dem Süden gleich der Burgfrau, ein Träumer, dem wilden Junkerleben nicht hold, saß oft und gern mit ihr im Burggärtlein, und sie sprachen immer von der sonnigen Weite und heiteren Schönheit ihrer Heimat. Was Wunder, wenn auch die jungen Herzen bald zueinander drängten?

Sie beschlossen zu fliehen, fort aus dem Düster der finsteren Berge ins helle, liebliche Land der Franken. Dort würde der Knappe geborgen auf der Burg seiner Väter sitzen und sich wehren können, wenn man ihm seine liebe Gefährtin wieder nehmen wollte. In einer wilden Nacht, da jedes andere Geräusch vom Brausen der Wälder und dem Rauschen des Wildbaches, dem Heulen des Sturmes übertönt wurde, gingen sie davon.

Das Pferd aber, das man lautlos – seine Hufe waren mit Lappen umwickelt – bis zum hinteren kleinen Tor gebracht hatte, verriet sie. Es wieherte plötzlich laut zurück zu den gewohnten Stallgefährten. Nun ging's freilich in rasendem Ritt über den Bergkamm und den Rennsteig entlang; aber sie waren bald hinter ihnen mit Hunden und Fackeln und raschen Rossen, die nur einen zu tragen hatten, während des Franken schlanken Hengst zwei beschwerten.

Schon bei der »Laubeshütte« waren sie ihnen dicht auf den Fersen, so daß der gejagte Schimmel nun von selbst talwärts stob vor den hetzenden Hunden, links ab vom Rennsteig, der Richtstatt zu. Doch alles war sinnlos. Bald war das edle Tier gestellt von der Meute der Knechte und Hunde. Umringt von den Verfolgern im hell flackernden Rund flammender Fackeln standen die zwei Flüchtigen. Hinter dem zuckenden Lichtschein war dann nichts als schwarze Nacht und rauschende Wälder – kein Freund, keine Hilfe, nicht einmal ein Stern.

Hartmut trat in den Kreis, seinen rot brennenden Zorn noch zähmend, denn der Knappe war seines toten Freundes Sohn, und das Weib, dieses zarte, anmutige, fremdartige Kind, liebte er, wie er eben zu lieben vermochte, herrisch und begehrend, festhaltend mit harter Hand. Nun hielt er Gericht. Ein mildes, wie ihn dünkte, denn noch war alles gut zu enden. So gebot er dem Freundessohn: »Schwöre, daß du sie lassen willst und nie mehr ihre Wege kreuzen wirst – dann sollst du frei und straflos davongehen – sonst müßtest du die Schmach, die du mir angetan, mit dem Tode büßen!«

Der junge Knappe stand straff und bleich, sah dem Richter starr in das finstere Gesicht und sagte sehr klar und unumstößlich: »Das kann ich nicht…« Da wandte sich Herr Hartmut an das junge Weib mit herrisch fordernder Frage: »Willst du ihn aus deinem Herzen reißen und ihn vergessen für Zeit und Ewigkeit – dann soll dir Gnade geschehen, und du sollst wieder die Herrin auf meiner Burg sein.« Sie sah nicht ihren Gemahl, sondern den Liebsten an, als sie, die Hände über der Brust verkrampft, mit weißen Lippen flüsterte: »Ich will mit ihm sterben!«

Rasend nun in seinem Zorn, befahl der Ritter, die zwei an Ort und Stelle zu richten. Hart war sein Urteil, und rasch taten die rohen Kriegsknechte ihr Henkerswerk. Die Toten wurden auch gleich daselbst, an der »Richtstatt«, verscharrt. Und noch heute erinnern Ort und Sage an ihr Schicksal.

Untergang der Burg Rauenstein

Um die Mitte des siebzehnten Jahrhunderts zog am Dreifaltigkeitsfest ein Trupp Kroaten über die Höhe des Thüringer Waldes den Theuerngrund herab. Kaiserliche Söldner waren sie, auf der Flucht vor den nachrückenden Schweden. Lange schon durch die Berge gehetzt, hatten sie in den ausgehungerten Walddörfern kaum etwas Eßbares gefunden. So spähten sie voll hungriger Gier um sich, wo noch ein versteckter Hof in den Tälern läge, über den sie herfallen könnten. Verzweifelten beinahe, weil sie immer wieder nur zwischen undurchdringlichen Wäldern auf schmalen, steinigen Holperwegen reiten mußten.

Doch endlich öffneten sich die dunklen Mauern der Bergwände und gaben einem freundlichen Wiesental Raum. Ein rascher Gebirgsbach floß funkelnd und brausend hindurch und trieb das Rad einer im Grunde liegenden Mühle.

Hei – ho! In scharfem Trab ging es über eine hölzerne Knüppelbrücke in den Mühlenhof. Im Nu waren die Reiter abgesessen und drangen polternd und brüllend ins Haus.

»He, hallo! Brot und Speck her und Schnaps!«

Die entsetzten Müllersleute liefen wie gejagt vor Angst und Schrecken in Keller und Vorratsraum und trugen herbei, was sie nur hatten, immer wieder von neuen Wünschen und Befehlen der verrohten Kriegsknechte angetrieben, denn die schlangen und soffen, daß es ein Graus war. Die zwei verängstigten alten Leute wußten bald nicht mehr, was sie noch heranschleppen sollten. Kaum hatten sich die Raubgesellen die Bäuche vollgeschlagen, schrien sie nach Geld, bedrohten den Müller mit wilden

Gesten und schrecklichen Flüchen und begannen, das ganze Haus zu durchwühlen. Sie nahmen alles, was halbwegs Wert hatte, als Beute und stachen sogar die letzten zwei Ziegen im Stall ab, um ihr Fleisch als Proviant mitzuführen.

In ihrer Angst, selbst noch das Leben zu verlieren, versuchten die beiden Alten unbemerkt zu entkommen.

»Fort, in den Gang!« raunte der Müller seinem Weib ins Ohr. Von der Mühle führte ein heimlich gegrabener Notweg zur Burg der Herren vom Rauenstein, gedacht für den Fall, daß etwa einmal die Burg von einem Feind belagert würde. Das Schloß lag am jenseitigen Hang des Berges, war also von diesem Tal aus nicht zu sehen. Dicht hinter dem Mahlhaus begann der Gang, durch hohen Farn und wildes Buschwerk aus Weißdorn und Schlehengesträuch völlig verdeckt.

Unbeobachtet waren die Müllersleute aus dem Haus gelangt und in den Berg geschlüpft, da bemerkte plötzlich einer der Plünderer ihr Fehlen, und ihm war, als habe er soeben ein hastig Laufen gehört. Ha, die trugen gewiß ihre Taler davon! In wütender Hatz sprang er aus der Luke im Mahlgang und sah gerade noch, wie die Zweige der Büsche an der nahen Bergwand sich bewegten. Im Gestrüpp hing ein winziger Tuchfetzen vom Rock der Müllerin, die sich in Furcht und Verzweiflung allzu wild losgerissen hatte, als sich ihr Gewand im scharfen Dorn verfing und sie festhielt. Hoi, denkt der Kerl, da ist gewiß ein Geheimnis zu lüften. Aber allein traut er sich nicht in die Tiefe. Er meldet seine Entdeckung dem Anführer der Rotte, und der ganze Trupp macht sich auf, mit aller Vorsicht durch den unterirdischen Gang zu schleichen. Fast holen sie die alten Leute, die nur mühsam vorwärts kommen, ein. Der Müller und sein Weib sind eben aus dem

Burgkeller gestiegen, da rasselt es schon hinter ihnen, und wie die Teufel aus der Hölle, so dringen die Mordgesellen aus der Dunkelheit des Ganges waffenklirrend und mit wildem Geschrei in die Burg vor, die erschrockenen Dienstleute und ihre Herrschaft überrumpelnd. Kaum einer kommt dazu, Widerstand zu leisten.

Wer von den Überfallenen fliehen kann, rettet sich in den nahen Wald. Es sind die Dienstmägde und Stallknechte. Die sich zu wehren versuchen, Burgherr und Waffenknechte, fallen unter den Streichen der kampfgewohnten Söldner. Sie plündern und rauben und stecken am Ende die Burg in Brand.

Es blieb nichts, als verfallende Mauern und ein Teil des Bergfrieds, der heute noch geborsten, grau und verwittert über dem Ort Rauenstein emporragt.

Der ungetreue Fuhrmann

Auf der Landstraße von Meiningen nach Mellrichstadt soll um Mitternacht oft ein Gespensterfuhrwerk unterwegs sein, ein altertümlicher Planwagen mit zwei kräftigen Rossen davor, deren Zügel aber am Boden schleifen, denn der Fuhrmann geht hinter dem Wagen einher, die Augen am Boden, eifrig spähend, als schauten sie nach etwas Verlorenem.

Nur manchmal ruft er mechanisch hü und hott, immer mit Suchen beschäftigt und ohne den Blick zu heben. So müde der Mann zu sein scheint – er geht mit sachtem, schlürfendem Schritt und hebt kaum die Füße –, läßt er doch nicht nach, setzt sich auch nicht auf seinen Wagen, murmelt nur leise vor sich hin: »Der schlechte Weg – der weite Weg – verloren, oje – wie soll ich's nur wiederfinden…«

Er sucht die vielen Bißchen, die ihm angeblich auf seinen Fahrten abhanden gekommen sind. Nämlich, er war zu seiner Zeit der Botenfuhrmann und saß behäbig auf dem Bock, so mühelos Waren für die Händler des Meininger Unterlandes befördernd. Weit ins Fränkische hinüber kam er und hatte sein gutes Brot. Doch mit dem ehrlichen Verdienten war er nicht zufrieden, ihn gelüstete nach mehr.

So kroch er auf einsamer Strecke oft in seinen Wagen zwischen Ballen und Säcke, bohrte da ein Loch, riß dort ein Fetzlein ab oder brach einen Splitter aus einer Kiste, damit die Diebesfinger hineinkriechen konnten, um ein Stück Tuch hervorzuziehen, ein paar Päckchen Tee oder Tabak, teure Gewürze zu erhaschen oder Zucker, Reis und Linsen in kleinere Säckchen von den großen abzuzapfen. Von allem immer nur ein bißchen, so daß er den Verlust und die Beschädigung auf den schlechten Weg, das Holpern und Rütteln des Fuhrwerks schieben

konnte. Seine stehende Entschuldigung war: »Jaja, die üblen Straßen – da hab ich wohl ein bißchen verloren ...«

Nun, aus den vielen Bißchen ward für ihn im Laufe der Jahre ein ganz schöner Gewinn, der ihn jedoch nach seinem Tod schwer belastete. Durch sein unredliches Tun bei Lebzeiten ward er zum Umgänger und muß nun hinter seinem Fuhrwerk hergehen, um die vielen Bißchen zu suchen. Aber er kann sie ja nicht finden, weil er sie nie verloren hat, und wird nun in alle Ewigkeit murmelnd und mit seiner ständigen Lüge auf den Lippen todmüde hinter seinem Fuhrwerk daherschlürfen und späte Wanderer erschrecken – der ungetreue Botenfuhrmann.

Vom schwarzen Sepp

In Eberhain, einem thüringischen Walddorf, gab es in alten Zeiten einen unerschrockenen Wildschützen, der »schwarze Sepp« geheißen, den keiner der gräflichen Jäger jemals stellen konnte. Er war im Walde geboren worden, als seine Mutter, ein armes Holzfällerweib, noch rasch vor ihrer Niederkunft eine Bürde Astholz aus den Bergen heimholen wollte. Der Wald blieb auch seine Heimat, wuchs er doch fast darin auf, trug, sobald er es vermochte, dem Vater jeden Tag das Mittagessen auf den jeweiligen Schlag in den gräflichen Forst, sammelte Beeren und Pilze und wurde dann ein Holzhauer wie die meisten der bitterarmen Wäldler. Schuftete wie sie alle um einen Hungerlohn für den gnädigen Herrn, der freilich oft recht ungnädig sein konnte und die Reitpeitsche ziemlich lokker in der Hand trug – nicht nur für Roß und Hund, besonders auch, wenn einer seiner Arbeitsleute etwa murrte wegen des geringen Lohnes und willkürlicher Abzüge und wagte, sich einmal zu widersetzen.

Hat der Herr, der nichts tut, alle Tage Fleisch im Topf, so verdiene ich mit meiner schweren Arbeit zum mindesten dasselbe. Und da er's mir nicht freiwillig gibt, so muß ich's mir halt selber holen, sagte sich der Sepp eines Tages und holte sich manch Böcklein und manch fetten Hasen aus den tiefen Wäldern, in denen er jeden Wildwechsel und jeden Schlupfwinkel besser kannte als die herrschaftlichen Jäger.

Im Dorf war es ein offenes Geheimnis, daß der Sepp wilderte, denn er verzehrte seine Beute nie allein, und so verriet ihn keiner, hatte doch ein jeder schon des öfteren ein Brätlein von Sepps Gnaden in der Pfanne gehabt. Also zehntete der Sepp den Grafen, genau wie der Graf ihn und seine Kameraden, diese Ärmsten im Lande, auf seine Weise und wie er es eben vermochte.

Nun war aber der Teufel schon lange hinter Sepp her. Aber auch von ihm ließ er sich nicht fangen.

»Hau ab, dummer Teufel«, lachte der Sepp zu den lokkenden Angeboten des Geschwänzten, »was ich brauch, hol ich mir selber. Geh du zum Grafen, der ist innen schwärzer als ich außen.« Nämlich der Sepp hatte einen rabenschwarzen Schopf und einen ebensolchen Bart um Wangen und Kinn, von den Augen gar nicht zu reden, die wie glänzend schwarze Tollkirschen aus seinem lederbraunen Gesicht blitzten.

Aber eines Tages saß er fest in der Falle und mußte sich doch vom Teufel helfen lassen. Ein Jägerbursch des Grafen hatte den schon so lange Verdächtigen gesehen, wie er gemächlich waldwärts ging. Freilich ohne Büchse – die steckte wohlverwahrt in einer hohlen Buche –, aber dem Gräflichen genügte es, daß der Sepp sich nach Feierabend bergwärts wandte. Im Nu alarmierte das eifrige Bürschlein Jäger und Jagdgehilfen im Schloß, so daß man alsbald eine regelrechte Treibjagd auf den Wildschützen veranstaltete, in deren Verlauf der Sepp eingekreist wurde. Und da auch die Meute der Jagdhunde auf seine Spur gesetzt war, blieb ihm am Ende kein andrer Weg als der auf eine riesige Fichte.

Wie er nun fast in ihrer Spitze saß, unter sich die Hunde, die ihn wild kläffend verbellten, und ringsum die gräfliche Jägerei, die den Kreis immer enger um ihn zog, so daß an ein Entweichen auf natürliche Weise nicht zu denken war, hockte auf einmal der Teufel auf einem Ast über dem Verfolgten.

»Nun«, er grinste von einem Ohr bis zum andern, »wie schmeckt dir das? Willst du lieber von den Hunden zerrissen werden oder durch das gräfliche Halsgericht den Kopf verlieren? Oder mir das bißchen windige Seele verschreiben und bald wohlbehalten daheim auf der Ofenbank sitzen?«

»Hm«, brummte der Sepp und verlor keineswegs den Kopf, »erst mal auf der Ofenbank sitzen, mein Lieber, nachher können wir weiter verhandeln. Dieser Platz hier ist mir zu unsicher, um wichtige Entschlüsse zu fassen.«

»Aber du versprichst mir...«

»Jawohl, ich verspreche, mit dir zu verhandeln.«

Der Teufel, froh, daß er den Sepp nun wenigstens so weit hatte, machte sein Hokus-pokus-fidibus, breitete sein Mäntelchen aus und flog – hui – mit dem Wildschützen über das dunkle Wipfelmeer durch die Nacht davon. Und als die gräfliche Jägerei den verbellten Baum erreichte, war er leer wie die anderen ringsum, bis auf Eulennester und Tannenzapfen.

Derweil saß der Wildschütz in seiner Hütte neben dem

Höllenfürsten auf der Ofenbank – und in tiefen Gedanken. Der Klumpfüßige hatte schon sein Seelenverzeichnis in den Krallen nebst einer tüchtigen Gansfeder und drängte zum Unterschreiben. Da seufzte der Sepp, noch ganz in sich versunken, hart schnaufend auf und brummelte vor sich hin: »Herrje – das ist mir doch ein bißchen an die Nieren gegangen vorhin – da muß ich erst was für meine Erholung tun.« Und er holte seine Schrotflinte, einen kurzen Stutzen, den er im Ziegenstall versteckt hielt, und rückte seine Nase dicht an das Rohr. Tat einen tiefen, innigen Schnaufer dabei.

»Ah – das tut gut! Ja, so eine Prise ist halt doch das Beste!«

Da ward der Teufel neugierig und gelüstig.

»Kann ich auch mal was schnupfen?« fragte er und hielt begierig seine Nase an das Flintenrohr, wie er es von Sepp gesehen hatte. Da zog der durch, und der Gehörnte kriegte die ganze Schrotladung in die Nase.

»Au«, schrie er, »herrje, das ist aber eine scharfe Prise!«

»Ja, die gehört immer dazu, wenn ich einen Vertrag mache«, sagte der Sepp treuherzig. »Na komm, willst du noch mal?«

»Uh – buh«, rief da der Teufel entsetzt und wendete sich schnell von der länglichen Schnupftabaksdose ab, »nicht jetzt gleich – wart ein bißchen!« Und er zog sich in großer Eile durch den Rauchfang zurück. Er zeigte nachher auch nie wieder Lust, mit dem Sepp zu verhandeln, wegen der scharfen Prise, die dazu gehörte, sondern wich ihm aus, wenn er mit seiner Flinte in Sicht kam.

So wurde des Sepp weder der Graf noch der Teufel Herr, und er schlug dem einen wie dem anderen noch manches Schnippchen, bis ihn in einer stürmischen Nacht ein umstürzender Baum unter sich begrub und damit sein Leben dort endete, wo es begonnen hatte – im Walde.

Der Dukatenbauer

Bei Eisfeld, dem reizenden, altertümlichen Städtchen im Sonneberger Hinterland, hatte ein Bauer ein schönes Gehöft. Obgleich es nicht besonders groß und ergiebig war, hatte er sein gutes Auskommen darauf. Trotzdem war er nie zufrieden und wollte mehr und mehr, trieb Frau und Kinder an und Knecht und Magd von früh bis spät, so daß niemand eine ruhige Stunde hatte auf diesem Anwesen.

Dazu geizte der Bauer arg mit Speis und Trank für alle seine Leute wie auch für sich und brachte damit so manchen Gulden beiseite. Doch war ihm auch dies noch nicht genug. Schneller wollte er reich werden, und Tag und Nacht sann er, wie er das anstellen könne.

Nun hörte er eines Abends, als die Weiber am Spinnrocken saßen und die Männer an Quirlen schnitzten oder Geschirre ausbesserten, wie der alte Schafhirt von den Zwergen in den Kammwäldern droben erzählte, die unermeßlich reich seien, weil sie sich auf die Kunst verständen, Gold zu machen. Wem es gelänge, ein Stück von ihrer Kleidung zu erhaschen, das sie niemals mehr selbst ersetzen könnten und darum unbedingt wiederhaben müßten, der könne sie damit zwingen, ihm ihr Geheimnis anzuvertrauen.

Von Stund an war der Bauer wie besessen von dem Gedanken, solch ein wunderbar Männlein in seine Macht zu bekommen, und kümmerte sich kaum mehr um seine Wirtschaft. Er lief jetzt Tag um Tag in die Berge und verbrachte oft auch die Nächte in den weiten Wäldern, um zu erspähen, wo das Zaubervolk hauste.

Endlich, in einer Vollmondnacht, entdeckte er mitten im wildesten Busch einen freien Platz, auf dem die Zwerge ein Fest feierten, lustig tanzten und mit ihren dünnen, krähenden Stimmen fröhlich sangen. Dabei tranken sie schäumenden Birkenwein und wurden davon berauscht, daß sie bald in wilder Ausgelassenheit überall herumhüpften und einer von ihnen in der Nähe des lauschenden, im hohen Farn verborgen liegenden Bauern seinen linken Schuh verlor. Er glänzte goldig im Mondschein, und im Nu hatte ihn der Mensch erhascht und machte sich damit eilig davon.

Aber, so rasch er auch lief durch Büsche und Bäume

und über die freien Gehänge der Waldwiesen, immer folgte ihm ein hastiges Trippeln von winzigen Füßchen und ein jammerndes Stimmchen. Halbwegs am Fuße des Gebirges, schon nahe den heimatlichen Feldern, vermochte der Bauer nicht mehr zu laufen und ließ sich auf einen Rain fallen, um kurz zu verschnaufen und den jagenden Atem zu beruhigen. Da holte ihn der Kleine ein und bat flehentlich um sein Schühchen, das der Dieb in krampfender Hand hielt.

»Hoho – umsonst kriegst du's gewiß nicht wieder, kleiner Wicht«, lachte der höhnisch, als er wieder bei Atem war.

»Das will ich auch nicht«, rief das Männlein und versprach, viel mehr Gold zu geben, als der winzige Schuh wert war.

Jedoch auch damit war der Bauer nicht zufrieden.

»Das kann mir nichts nützen«, sprach der habgierige Mensch. »Mehr will ich, viel mehr! Mit einem Mal laß ich mich nicht abfinden, du Schlauer. Ständig will ich Gold machen können, genau wie du!«

»Nun gut – meinen Schuh muß ich wiederhaben, und sollt ich dir mein Letztes geben. Ich sehe, du bist hart und voller Gier – und du wirst es immer bleiben.«

»Das will ich meinen«, rief der Bauer, »hart bin ich und bleib ich, und nimmermehr kriegst du dein Schühlein, lehrst du mich nicht deine Kunst!«

So tat das Zwerglein, was es mußte, und verlieh dem Bauern die Gabe, in jeder Furche, die er pflügte, einen Dukaten zu finden. Also füllte sich bald sein Sparstrumpf mit feinsten Goldmünzen. Und immer mehr wollte der habgierige Mann haben. Er pflügte und pflügte nunmehr immerzu und oft ohne Sinn seine Felder um und um und zuletzt auch noch in den Nächten, denn je mehr er besaß, um so mehr ward er besessen von seiner Gier nach Gold. Da die Pferde es nicht aushielten, stets im Geschirr zu gehen, kaufte er neue dazu, um sie auswechseln zu können, und kaufte auch noch weiteres Ackerland. Sich selbst aber gönnte er keine Ruhe mehr, pflügte und pflügte rastlos, um nur immer neue Dukaten aufglänzen zu sehen in der braunen Ackererde jeder frischen Furche.

Das hätte so gehen können, wer weiß wie lange, der Zauber ließ nicht nach, und es war Land genug da und auch Pferde, die umschichtig im Gespann gingen. Aber nun hielt der Bauer nicht mehr durch, wenn er sich auch zwang mit seinem harten Willen und getrieben wurde von seiner unersättlichen Raffgier – einmal half auch das nicht mehr. Seine Kräfte waren jetzt völlig erschöpft, und eines Tages, als die Vögel fröhlich sangen und Wiesen und Wälder in aller Herrlichkeit des Lenzes grünten und blühten, fiel der Dukatenbauer hinter seinem Pflug um und blieb tot liegen.

Aus allen Kisten und Kasten aber, die er mit Dukaten gefüllt hatte, war im gleichen Augenblick das Zwergengold verschwunden. Doch konnte das seinen Leuten nicht leid tun, denn sie hatten nicht darum gewußt, und die Angehörigen des Toten wie auch sein Gesinde waren nur von einem schweren Druck befreit, als der geizige Bauer sie nicht mehr antrieb. Sie bebauten jetzt in vernünftig abgemessener Arbeitszeit das Land, das seine Frucht brachte und allen ihres Lebens Notdurft sicherte.

Der Geist des Bergknappen

Ein Waldarbeiter aus Steinheid, der ehemaligen Goldgräberstadt, ging eines Abends über Limbach hinunter in den Theuerngrund, wo, nicht weit vom Weg, heute noch ein Stolleneingang in ein verfallenes Goldbergwerk zu sehen ist. In dieser Gegend gesellte sich zu dem einsam Wandernden plötzlich ein Mann in schwarzer Kleidung nach der Art mittelalterlicher Bergknappen. Er schien müde zu sein, seinem schleppenden Gang nach, als sei er schon eine Ewigkeit auf den Beinen. Dennoch hörte der Steinheider keinen Laut seiner Schritte; auch ging der seltsame Mensch eine ganze Weile neben ihm her, ohne ein Wort und mit einem sonderbar leeren Blick an ihm vorbeischauend.

Plötzlich aber löste er einen Beutel voller leis klirrender Münzen von seinem Gürtel und bot ihn dem Manne an mit der Weisung, das Geld – es sei reines Gold – für einen guten Zweck zu verwenden.

Den Steinheider erschreckte dieses Angebot mehr, als es ihn erfreute, und der schweigsame und so lautlos dahingehende Weggefährte war ihm schon lange unheimlich erschienen. So begann er jetzt rascher auszuschreiten, um den seltsamen Begleiter loszuwerden, und sagte barsch, er wolle das Geld nicht und wüßte auch nicht, was er damit anfangen solle, denn insgeheim dachte er, es sei gewiß ein Sünden- oder Teufelsgeld, das mehr Schaden als Nutzen bringe.

Da tat der Fremde einen schweren Seufzer und ging mit seinen müden, schleppenden Schritten jählings seitwärts in den Bergwald hinein, wo er alsbald im Düster des hohen Forstes verschwunden war.

Er soll vordem und auch nachher noch anderen Leuten

begegnet sein, einem Hirten auf der Waldweide und einsam heimwärts wandernden Holzfällern, und es heißt, der Schwarzgekleidete sei wohl ein Goldgräber aus alter Zeit, der seine Kameraden um ihren Anteil betrogen hätte und nun keine Ruhe finde, solange er noch im Besitz des unredlich erworbenen Goldes sei. Und in all den Jahrhunderten hat es ihm keiner abgenommen, weil alle Angst haben, daß der Fluch, der vielleicht darauf liegt, ihn treffen könnte – deshalb wird der Betrüger wandern müssen bis in alle Ewigkeit, so müde er auch ist.

Die Verräterin

Noch heute liegen Hochmoore da und dort verloren zwischen Wäldern oder auf freien Hochflächen Thüringens und der Rhön. Sumpfiges Land mit trüben Lachen und Tümpeln, zwischen Inseln von schimmernd weißen Wollblumen im Sommer, hohen Gräsern und blassen Mooren unter Birkengestrüpp und bizarr verästelten Kiefernkrüppeln.

Es gab wohl immer einen Weg durch diese zumeist grundlosen Sümpfe, der aber war nur den Einheimischen bekannt. Geriet ein Fremder ins Moor, fand er kaum wieder heraus, versank mit trügerischen Moosflecken im zähen Schlamm, der ihn festhielt und unwiderstehlich hinunterzog.

Von solch einem Moor erzählt eine alte Mär.

Es war in jenem ewigen Krieg, den sie den Dreißigjährigen heißen, als einmal eine Freischar von Bauern allein eine Paßhöhe hielt, dem räuberischen Feind also den Einfall in ihre Heimat wehrte und somit auch den Durchzug der Truppen verhinderte.

Da wurden einige der verwegensten Kerle des Heeres in die Berge geschickt, damit sie nach Überwindung dachsteiler Pfade, Urwalddickichte und des Hochmoors den Bauern in den Rücken fallen sollten, von wo jene keine Gefahr erwarteten. Eben, weil hinter ihnen das wilde Moor lag und darunter ihr Heimatdorf, in dem es keinen gab, der den Feind geführt hätte, wie wiederum die Landfremden allein sich niemals durch den menschenschluckenden Sumpf finden würden.

Es war gegen Abend, als die feindlichen Soldaten, aus den Wäldern kommend, ins Dorf zogen, lauter verwegene, in hundert Schlachten gehärtete Gesellen mit narbigen, hageren Gesichtern und rasch spähenden, hungrigen Wolfsaugen.

Den Schultheißen herausgetrommelt. Einen Führer soll er stellen durchs Moor. Was sonst noch ist an Seelen im Ort, läuft von selbst zusammen. Weibervolk und Kinder und Greise, denn wer eine Waffe tragen kann, liegt oben am Paß.

Der Schultheiß sagt, da wäre keiner, der sie begleiten würde.

»So!« Glashart die Stimme des Anführers. »Also brennen noch vor Nacht eure sämtlichen Höfe!«

Die Weiber schreien auf, mit fahlen Gesichtern stehen die Männer, ihre Hände krampfen sich zu Fäusten. Oh, daß man alt ist! Stumm starren sie nach ihren ordentlichen, sauberen Höfen, die die Arbeit ihres ganzen Lebens sind. – Und morgen nichts als Asche. Verstört sind sie, schwer arbeiten ihre Gedanken. Doch sie haben keine Wahl: Die Brüder verraten oder das Heimathaus verlieren.

»Aber die Erde bleibt uns«, sagt da der Schultheiß in die lastende Stille, und die Blicke der Bauern klammern sich daran, ihre müden Gestalten straffen sich wieder. Der alte Schulze hat ein kleines Licht der Hoffnung in ihnen angezündet. Ja, den Boden können sie ihnen nicht nehmen, darauf kann man wieder aufbauen, und er wird immer Frucht tragen.

Und wieder ist die Antwort ein klares Nein. Mögen sie sengen und brennen...

Was aber nützt diesen Soldaten, die einen bestimmten Auftrag auszuführen haben, ein brennendes Dorf? Einen, der das Moor kennt, brauchen sie, und noch diese Nacht!

In den Augen des Anführers glimmt ein gefährliches Licht auf, einen zornigen Fluch zerknirscht er zwischen den Zähnen, und dann brüllt er den Alten an: »Du selbst gehst mit uns, Schulze! Und weigerst du dich, hängst du an der Linde dort, noch ehe der Kauz schreit!« Er beugt sich vor, sieht dem Greis voll wilden Hohns in die Augen: »He – sagst du nun noch immer nein?« Dem schießt das Blut in die Stirn ob des Schimpfes.

»Ja«, schreit er, »und wenn ich hundertmal hängen müßt – ich tu's nicht!«

Der Offizier wird blaß vor Wut. Ein kurzer Befehl. Seine Kerle reißen den Schultheißen von den anderen weg, die die Fäuste heben und gegen die Söldner angehen wollen, gegen diese schwerbewaffneten, kampferprobten Kriegsknechte, die sie im Nu überwältigen würden. Noch schlagen sie nicht zu, haben nur blankgezogen und stoßen den Alten in ihrer Mitte gegen die Linde hin.

»So geht es jedem von euch«, gellt der scharfe Ton des Anführers über den Tumult hin, »jedem, der sich weigert!«

In die darauffolgende atemlose Stille schreit jäh eine Frauenstimme: »Laßt ihn! Ich führ euch!« Und ein großes, rotblondes Mädchen springt aus dem Weiberhaufen vor den Offizier mit haßerfüllten Augen in einem wilden entschlossenen Gesicht.

Der hat sofort seine kalte Ruhe wieder, winkt lässig seinem Haufen zu: »Gebt ihn frei!« und zieht das Mädchen heran.

Jetzt aber tobt die Menge. Die Männer fluchen der Dirne, und eine schrille Weiberstimme schreit: »Führst sie deinem Liebsten in den Rücken – daß er's nur wüßt! Verrätst uns alle, falsche Füchsin!«

Die rote Margaret ist fahl geworden, steht nun still mit verbissenen Lippen, als müsse sie ihren Mund festhalten, damit er stumm bleibt. Oh, die Narren, die nicht begriffen, die erst morgen wissen würden, warum sie tat, was getan sein mußte!

Was sollte werden, wenn die rohen Kerle einen um den anderen abschlachteten – es würde sich wohl endlich einer finden, der diesen Tod fürchtete. Und kamen die Fremden übers Moor, so war alles verloren, die Männer drüben, der Paß und die ganze liebe Heimat. Und darum mußte einer den Feind zur Hölle führen – und sollte er auch selbst mit darin versinken. Ihr Blick ging über die tobende Menge hin, finster gesammelt und fast starr in harter Entschlossenheit.

Der Offizier sah das Mädchen plötzlich mißtrauisch an. Irgendwoher kannte er diesen Blick. Die Tapfersten hatten ihn vor dem sicheren Tod – jene, die sich in Stücke hacken ließen für ihre Sache...

»Du, führst du uns falsch«, sagte er leise, »ich halte dich fest, dann stirbst du mit uns!«

Die Margaret ist gleich wieder hellwach, erkennt die Gefahr, wenn sie sich verliert und durchschauen läßt. Sie lacht jäh grell auf, funkelt den Mann mit heißen Augen an und raunt: »Meinst, ich hätt schon Lust zum Sterben, du?«

Dies lachende, blühende Gesicht täuscht ihn, daß er sich rasch zufriedengibt. Die schöne junge Dirne will gewiß noch leben – vielleicht bleibt sie beim Troß.

»Los!« Scharf klingt der Befehl durch die verworrenen Reden und Schreie. In der Mitte des Trupps, dicht neben dem Offizier, geht die Margaret, indes die Soldaten das Bauernvolk zurücktreiben und in Schach halten. Es ist unterdessen völlig Nacht geworden, und der volle Mond steht plötzlich, eine gelbe Scheibe, über schwarzen Bergen. Das Moor schwimmt in weißem Licht, das zugleich seltsame Schatten gibt, und liegt stumm mit schwärzlichen, blasigen Tümpeln und trügerischen Moosbänken über dem schwanken, saugenden Grund.

Durch niederes Gestrüpp und über schmale Graskissen gehen sie, durch seichte Wasserlachen und an verkrüppel-

ten Büschen vorbei, die wie geduckte, lauernde Menschen stehn, neben dunklem Morast, der unergründlich scheint und in dem sich verzerrt immer neue Monde spiegeln, daß man zuletzt verwirrt und geblendet dahintappt, einer hinter dem anderen, kreuz und quer – wer kann sich da wohl einen Rückweg merken?

Von weitem schleichen nun doch die Bauern hinterdrein, um den Brüdern beizustehen droben am Paß, soweit es alte Männer vermögen. Doch brauchen sie es dann nicht. Die Margaret hat allein ganze Arbeit gemacht. Ins tiefste, haltloseste Moor hat sie die Feinde geführt, aus dem es auch für sie keinen Rückweg mehr gab – und hat mit ihnen hinuntergemußt, die alle der zähe Schlamm festhielt und gnadenlos schluckte.

Die Bauern, auf sicherem Steig, hörten noch lange die Kriegsknechte schreien und die Führerin verfluchen – und begriffen endlich, daß sie bewußt ihr junges Leben hingegeben hatte für das vieler anderer.

Das Franzosengrab

In der Nähe des Bergstädtchens Gräfenthal, bei einer alten Mühle, war noch vor Jahrzehnten unter einem wilden Birnbaum ein schmaler Hügel zu sehen. Das Franzosengrab nannte ihn der Volksmund. Eine traurige Geschichte von Krieg und Liebe gehört dazu.

Als die so willkürlich zusammengeworfenen Truppen Napoleons auch über den Thüringer Wald gen Osten zogen, blieb einmal ein junger Soldat im dichten Holz bei der »Alten Mühle« oberhalb von Buchbach zurück, um sich in den tiefen Wäldern zu verbergen, bis er eine günstige Gelegenheit zur Rückkehr in die Heimat fände.

Der Deserteur war ein noch blutjunger Bursch, ein Bauernsohn, der mit ganzem Herzen an der Heimat hing und dem davor graute, daß er Menschen umbringen sollte.

Obwohl er Geld genug bei sich trug, wäre er in den einsamen Bergen vor Hunger und Entbehrungen bald umgekommen, denn der Heereszug des korsischen Eroberers, der unwiderstehlich ostwärts drängte, nahm kein Ende. Immer wieder marschierten neue Truppen die alte Heerstraße entlang und sperrten so dem Landfremden den Fluchtweg. Da fand ihn Marie, die Tochter aus der Mühle.

Seine sichtliche Schwäche und sein elendes Aussehen weckten ihr Mitleid, so daß sie nicht anders konnte und ihm helfen mußte. In der Nacht führte sie ihn heimlich in die Mühle, verbarg ihn auf dem Hausboden in einer Ecke hinter dem Heu und brachte ihm Essen und Trinken. Manchmal, im nächtlichen Dunkel, wenn alles schlief, schlich er mit ihr herunter, und sie saßen unter dem wilden Birnbaum am Mühlbach. Der junge Soldat erzählte vom schönen Elsaß und von seinem Heimweh. Und wenn er traurig war, weinte die ebenso junge Müllerstochter mit ihm, und wenn er hoffte, bald nach Hause zu kommen, dann hoffte sie mit ihm. Denn sie hatten einander liebgewonnen und wollten zusammen leben.

So blühte in den dunklen Wäldern des Thüringer Berglandes inmitten all der Wirrnisse und Kriegsnöte des Jahres 1812 ein heimliches Glück auf. Längst hatte die Marie mit einem Händler, der durch das Land zog, heimlich Botschaft an den Vater des Soldaten geschickt und endlich auch Antwort erhalten.

Wenn der Mond sich das zweite Mal erneuerte, konnte

man den Vater erwarten, der alles daransetzen würde, um seinen einzigen Sohn heimzuholen.

Doch als der zweite Neumond als schmale Silbersichel über den schwarzen Tannen hing, holten andere den Deserteur. Ein Knecht aus der Mühle, der die Marie schon lange mochte, hatte herausgefunden, was sie so traulich auf dem Boden hütete und nachts unterm Birnbaum herzte. Liebe und Haß verwirrten seinen sonst redlichen Sinn. Das Mädchen sollte ihm keiner nehmen, schon gar nicht ein hergelaufener Soldat! Seit der Fremde unterm Dach weilte, hatte Marie keinen Blick mehr für ihn. Ihm allein galt ihr stilles Sinnen am hellen Tag, ihr verstohlenes Lauschen. Der Kerl mußte fort! Und als einmal droben am Bachquell ein Zug Soldaten rastete, ging er hin und verriet den Rivalen. Führte die Kriegsleute auch, daß sie ihn faßten, ehe er zu fliehen vermochte. Wie erstarrt ging der Junge aufrecht zwischen den Bajonetten. Nur als Marie entsetzt, mit aufgerissenen Augen und ohne einen Laut im Hof stand, glühte sein Blick auf – aber er blieb stumm, um sie nicht zu verraten.

Als der traurige Zug vorüber war, sank das Mädchen kalkweiß an der Hauswand nieder. Der Knecht wollte sie aufheben, doch sie schrie schrill auf. »Verräter!« rief sie und wich zurück wie vor einem giftigen Tier.

Weiter droben, im Lager der Soldaten, klang bald ein scharfes Kommando. Schüsse blitzten auf, und das Echo ihres Schalles rollte donnernd an den Bergwänden hin.

Ein Mann, der die Heerstraße entlangkam, sah den Lichtschein und hörte den donnernden Widerhall. Wann endlich wird dies Morden ein Ende haben, dachte er bedrückt.

Der Wanderer aber war des Erschossenen Vater, der alles unternommen hatte, um den Sohn freikaufen zu können und heimzuholen. In der Mühle erfuhr er, wer der Verurteilte gewesen, um den er gebangt hatte. In seinem Schmerz verfluchte er den Verräter, den Mörder seines Kindes, für Zeit und Ewigkeit.

Der aber, um seinem Gewissen zu entfliehen, verließ die Gegend und wanderte ruhelos von Ort zu Ort. Nirgends fand er Rast, immer trieb es ihn weiter, und er ist irgendwo umgekommen, ungekannt, unbeweint, wie ein Wolf im Wald.

Bei der Mühle, unter dem Birnbaum, der all ihre Hoffnungen und Liebe gesehen und gehört, begrub die Marie ihren Liebsten.

Vom Irrkraut auf dem Wildberg

Niemand weiß, wie es aussieht, das Kräutlein, das die Menschen in die Irre führt, sobald sie darauf getreten sind. Sie verlaufen sich dann in den ihnen sonst gut bekannten Wäldern und finden sich nicht zurecht, kommen immer anderswo an, als sie wollten, und nur nach langem Umherirren erreichen sie ihr Ziel. Bei Nacht ist es natürlich besonders schlimm. So geschah es einmal einem Balsamträger aus Oberweißbach. Er war ein wandernder Handelsmann, der seine Ware, »gebrannte Wasser«, Tränklein, Salben und Mixturen gegen vielerlei Gebrechen, in alle Welt trug und verhausierte.

Er hatte ziemlich schwer geladen – nicht mehr auf seinem Keff, denn er war schon auf dem Heimweg begriffen – sondern mehr innerlich, dieweil er vor dem letzten Anstieg in seine Bergheimat noch einmal eingekehrt war in einer Schenke, um seinen großen Durst zu löschen. Bei dieser angenehmen Tätigkeit war es spät geworden, beinah Mitternacht, der Balsamträger hatte keine Lust, die weit geschwungene Fahrstraße entlangzuwandern, allwo man doppelt soviel Zeit brauchte wie auf dem Steig über den Berg, der ja ebensogut nach Hause führte.

Also stieg er gemächlich den Wildberg hinan, ging – wenn auch nicht geraden Weges – über die breite Kuppe und drüben die leichte Senkung hinab. Dachte schon, er sei daheim. Mitnichten! In einer ganz anderen Gegend stand er, jenseits von seinem Dorf, soweit er die Umgebung in der Dunkelheit der Nacht zu erkennen glaubte. Er tat ein paar saftige Flüche, die im stillen Wald ein nicht eben liebliches Echo weckten, und drehte bei, nahm den Weg, der nach seiner Ansicht von hier nach Hause führte, wieder unter die Füße. Tappte so Schritt für Schritt durch die Finsternis des Hochwaldes den bekannten Pfad entlang. Zu seiner Verwunderung aber ging der sich ganz mühelos, wo er doch eigentlich tüchtig anstieg zum Bergbuckel! Ha, gewiß half ihm der Geist, den er sich im letzten Wirtshaus so reichlich zugeführt hatte, alles – auch den steilen Weg – leicht zu nehmen, dachte der nächtliche Wanderer und trottete getreulich im Zickzack dahin, Richtung Heimat. Und endlich waren da auch schon die Äcker und Wiesen des Dorfes – so eben heute, wo sie doch sonst schräg am Berggelände hingen!

Doch wie er weitertappte, quer über die Felder, um wiederum die Zeit nicht auf der Fahrstraße zu vergeuden, hörte er auf einmal Wasser rauschen. Nanu – wie groß ist plötzlich das Bächlein, das durch sein Bergdorf fließt! Mit offenem Mund schaut der gute Mann erstaunt das breit strömende Wasser an – herrje, das ist doch der Fluß im Tal! Und in der sacht beginnenden Morgendämmerung sieht er flaches Land vor sich und hinter sich seine Berge und erkennt, daß er genau wieder da ist, wo er vor ein paar Stunden seinen Anstieg begann.

Da setzt er sich vor Schreck erst einmal ein bißchen nieder und verschnauft, läßt auch die müden Beine ruhen. Jetzt weiß er, er ist auf dem Wildberg über Irrkraut gelaufen und hat ihn zweimal umgangen, auf- und abwärts. Das sollte ihm nicht wieder passieren! So wartete er nunmehr, bis es völlig hell war, ehe er den mühseligen Anstieg in die Berge wieder begann. Darüber wurde ihm auch wieder leichter um den Kopf, weil der Bierdunst derweil Zeit gehabt hatte, sich zu verflüchtigen, wenn auch die Beine schwer blieben. Aber trotzdem ging er diesmal lieber die sichere Fahrstraße und hatte von nun an einen großen Respekt vor dem Irrkraut, von dem ihm schon seine Großmutter erzählt und an das er nie geglaubt hatte.

Der Eselskrieg

Die Wasunger sind ob der Narrenstreiche ihrer Vorväter und deren allzu gescheiten Ideen und Taten wohl weitum schon rühmlichst bekannt, doch nachstehendes Geschichtlein, nur mündlich überliefert, blieb in seinem ganzen Umfang bis dato einem weiteren Kreis vorenthalten.

An der Werra, unterhalb Meiningens, aber noch dem Stadtgebiet zugehörig, stand in alten Tagen eine Mühle. Sie war bereits halb verfallen, das Mühlrad stand längst still, und in ihr hauste nur noch die betagte Witwe des seligen Müllers mit dem letzten Mühlesel, der in wohlverdienter Ruhe und Beschaulichkeit sein Gnadenbrot verzehrte.

Die Mühle war alt, der Esel war alt, desgleichen die Müllerin. Alle drei erwarteten darum nichts mehr vom Leben und konnten nicht ahnen, daß sich um ihretwillen noch einmal die Stadtväter von Meiningen und Wasungen in die Haare kriegen und sich die Köpfe zerbrechen sollten.

Niemand störte die müde Stille, die die Mühle umgab. Selbst die Werra floß gemächlich und ohne Getöse vorbei, seit sie das Mühlrad nicht mehr treiben mußte, und Mühle, Müllerin und Mühlesel lebten friedlich dem nun einmal unausweichbaren Ende dieses Daseins entgegen.

Zuerst traf es den Esel. Er fiel eines Tages inmitten der schönsten Disteln, die allenthalben den Mühlhof umwucherten, um und stand nicht wieder auf.

Die Müllerin, krumm und gebrechlich über den Hof hinkend, fand ihn, freundlich von den letzten Strahlen der Abendsonne beschienen, schon steif und kalt und wurde neben dem Schmerz um den langjährigen Gefährten jählings von dem sorgenvollen Gedanken befallen: Wohin mit ihm?

Ein Loch zu graben für das immerhin recht umfangreiche Tier, dazu reichten ihre schwachen Kräfte ganz gewiß nicht aus. Und den Verschiedenen vom Schinder abholen zu lassen kostete immerhin einige Kreuzer oder gar Batzen, deren sie nur in geringem Maße besaß.

Ihr kummervoller Blick schweifte – unbewußt nach einem Ausweg suchend – über den Hof und traf auf die sanft fließenden Wasser der Werra. Und nach kurzem Besinnen nahm das alte Weiblein alle Kräfte zusammen, packte den Erstarrten an den Hinterbeinen und zerrte ihn durch Brennesseln und Schierlingskraut dahin, wo der Hof zum Fluß abfiel. Schob dann und stieß so lange gegen den steifen Körper, bis er abwärts rollte und ins Wasser glitt. Mocht es ihn mitnehmen, Hauptsache, er war hier weg! Und schwitzend und zufrieden ging die Müllerin darauf ins Haus und begab sich zur Ruhe, ohne zu ahnen, welches Durcheinander sie bald in bedeutenden Köpfen hervorrufen sollte.

Einstweilen ging die Sache nach Wunsch der Alten. Die Werra nahm den Toten mit und trug ihn treulich nach Wasungen, allwo sie ihn sänftlich an einem Uferknick ablegte. Dort blieb er liegen und begann bereits zum Himmel zu stinken, als ihn die Wasunger fanden.

Er hätte schleunigst bestattet werden müssen. Aber hier erhob sich die Frage: Wo und von wem? Und das hatte nur die Obrigkeit zu bestimmen. Sie erschien auch alsbald und tagte nach Besichtigung des Tatbestandes eine halbe Nacht, die Frage zu klären, wer zuständig sei für die Bestattung des angeschwemmten Kadavers.

Im Lauf angestrengter Gedankenarbeit stellte man fest, daß die Wasser der Werra aus dem Meiningischen kamen

– folglich auch der Esel. Ergo mußte es ein Meininger Esel sein! Ergo hatten die Meininger für seine Bestattung zu sorgen!

Also wurde am Morgen eine Delegation des Wasunger Stadtrates nach Meiningen entsandt mit der Aufforderung an die dortigen Ratsherren, besagten Kadaver abzuholen und auf Meininger Gebiet zu vergraben.

Die Meininger lehnten ab. Wer wollte ihnen beweisen, daß der Esel aus ihrer Stadt stammte? Die Werra kam ja noch von weiter droben und konnte somit die Wasserleiche schon von wer weiß woher mitgebracht haben. So kehrte die Wasunger Abordnung mit diesem logischen Argument, gegen das sie ohne Beratung keinen Gegenbeweis aufzustellen vermochte, einstweilen unverrichteterdinge in die Heimatstadt zurück.

Es wurde sogleich eine neue Versammlung einberufen und nunmehr beschlossen, keinesfalls nachzugeben, und wenn der Fall bis vors höchste Gericht käme. Nämlich, auch die Wasunger vermochten logisch zu denken! Über der Stadt Meiningen gab es ein Wehr, wo solch großes Tier gewiß hängengeblieben wäre – und demzufolge konnte es nur aus dem Meiningischen kommen! Ha, diesmal wollten sie beweisen, daß sie nicht die Dummen waren. Stets sahen die Meininger auf sie herab, nur, weil die Wasunger auch ihren Stolz hatten und außer anderen Eigentumsrechten auch ihren Galgen allein für sich und ihre Kinder haben wollten und nicht jeden hergelaufenen Lumpen daran aufhängten. Oder weil ihre Väter einmal Jagd gemacht hatten auf einen im Hochwasser treibenden Wurzelstock, den sie in der Abenddämmerung für einen Hirsch hielten. Oder weil ein braver Bürger einen Kürbis bebrütet hatte, um ein Eselsfüllen zu gewinnen, und ein anderer Salzheringe in einen Teich setzte, damit sie sich vermehren sollten, da ihm diese damals neue Fischart besonders gut geschmeckt hatte.

Was ging das alles die Meininger an? Brachte ihnen doch keinen Schaden, wie etwa den Wasungern dieser stinkende Meininger Esel, der ihre ganze Flur verpestete. Nun, den Hochnäsigen, Neugescheiten wollten sie einmal weisen, daß Recht Recht bleiben mußte!

Und so wurde wiederum eine Abordnung gewichtiger Stadträte gen Meiningen geschickt mit der allerletzten Drohung, die Meininger bei erneuter Weigerung, ihrer Pflicht nachzukommen, höchsten Ortes zu verklagen. Das strittige Objekt lag indessen friedlich in der Maisonne und stank still vor sich hin. Und aus Abend und Morgen ward der dritte Tag. Aus dem Tag ward der Abend.

Da kamen die Abgeordneten des Stadtrates von Wasungen endlich zurück. Voll bis an den Rand. Denn sie hatten gesiegt, wie sie strahlend verkündeten – wenigstens teilweise – und den Sieg sogleich begossen, zusammen mit den Meininger Ratsherren. Nach langem Hin und Her war eine Einigung erzielt worden, denn die Meininger hatten, da sie dem neuen Argument der Wasunger nichts entgegenzusetzen fanden, klein beigegeben. Ja, sie hatten sich gebeugt vor der unüberwindlichen Weisheit der Wasunger und ihnen recht geben müssen. Hatten dann in aller freundlichen Friedensbereitschaft einen Vorschlag gemacht, dem auch die klugen Wasunger ohne Bedenken nähertreten konnten.

Und zwar – alldieweil der Esel doch nun einmal bei Wasungen liege und ein Abtransport bei seiner jetzigen Beschaffenheit bis ins Meiningische unnötige Scherereien mache, möchten ihn doch die lieben Wasunger begraben. Dafür verpflichteten sich die Meininger mit den heiligsten Eiden: Sollte einmal je irgendwann, irgendwo, irgendwas – und sei es ein Elefant – von der Wasunger Seite her in Meiningen angeschwemmt werden, so wollten es die Meininger unbesehen begraben – die Schwurhand sollte ihnen verdorren, wenn sie dies nicht hielten! Das war ein Wort! Das befriedigte den Gerechtigkeitsdurst der Wasunger. Und dazu, man denke, ein Elefant! Begeistert ob solch großzügigen Entgegenkommens tranken die Wasunger nunmehr mit den Meiningern auf Freund- und Bruderschaft – und begruben den Meininger Esel.

Der Huckauf von der Hirtenschlucht

Der Huckauf war einst nach Meinung der Thüringer Wäldler ein tückisches Gespenst, der Geist eines bösen Menschen, der auch nach seinem Tode keine Ruhe findet und in finsteren Nächten umgeht, um Leute, die in seinen Bereich kommen, zu überfallen und zu peinigen.

Er springt dem arglos Vorübergehenden auf den Rükken, wird schwerer und schwerer und läßt sich wer weiß wie weit tragen. Dabei zwickt und pufft er sein entsetztes Reittier und rupft es an den Haaren, daß es vor Angst und Schmerzen trotz der Last eilends zu laufen beginnt, vielleicht in der Hoffnung, so seinen Peiniger loszuwerden. Der aber läßt erst von ihm ab, wenn sie in die Nähe eines Ortes kommen oder eine Begegnung mit anderen Menschen zu befürchten ist. Dann ist der Huckauf plötzlich davon und hinterläßt seine Spuren nur in Form von blauen Malen und zerrupftem Haarschopf bei dem Betroffenen.

Nun war einmal in Kehlbach und Eulenrode seit einiger Zeit die Hirtenschlucht dafür verrufen, daß es dort nicht geheuer sei und der Huckauf sein Wesen treibe. Die Hirtenschlucht war ein Hohlweg, ein ehemaliger Hirtenpfad zwischen zwei eng zusammengeschobenen Waldhügeln, der die beiden Bergdörfer miteinander verband. Darum wurde er auch in später Nacht oft von Leuten aus Eulenrode begangen, die das Wirtshaus »Zur frischen Quelle« in Kehlbach besuchten und sich zu mitternächtlicher Stunde mit oft nicht ganz klarem Kopf auf den Heimweg machten.

Auf diese schien es der Huckauf der Hirtenschlucht ganz besonders abgesehen zu haben. Er sprang ihnen da, wo der Weg sich am schmalsten durch die Berghänge wand, hei hopp, auf den Rücken und ließ sich von den Erschrockenen tragen, bis die hohen Bergwände zurücktraten und nur noch dichtes Gebüsch den Weg zu beiden Seiten säumte. Dort ließ er gewöhnlich von seinen Opfern ab und verschwand in der Dickung, ungesehen vom Auge der Geplagten, die, nur froh, das Gespenst wieder los zu sein, mit ihren letzten Kräften wie gehetzt weiterliefen, ohne sich umzusehen. Hatte sie doch der tückische Geist gezwickt und geknufft und gerupft, daß sie vor allgemeinen Schmerzen nicht vermochten, an etwas anderes zu denken als daran, bald heimzukommen, um ihre Beulen und Kratzer zu kühlen.

Es dauerte dann immer eine ganze Weile, bis die also Gepeinigten sich erholt hatten und sich wieder in die Nachbargemeinde wagten, um dort in der »Frischen Quelle« ihr Maß – oder mehrere – Bier zu trinken, auch wohl einen harten Schlehenschnaps, der hier von ganz besonderer Güte war. Zwar gab es all das in Eulenrode auch: Wirtshaus, Bier und Schnaps, aber der Wirt »Zur durstigen Kehle« war ein gieriger, geiziger und betrügerischer Mensch. Er verwässerte alle Getränke gehörig, um daran das Doppelte zu verdienen, was zur Folge hatte, daß die Eulenroder lieber den Weg nach Kehlbach machten, um in der »Frischen Quelle« sich ordentlich zu laben.

In letzter Zeit jedoch hielt die Furcht vor dem Huckauf so manchen Ängstlichen ab, im Dunkeln den verrufenen Hohlweg zu passieren, und er blieb darum lieber bis zum Morgengrauen in der »Frischen Quelle« sitzen. Solches aber kann auf die Dauer der dickste Geldbeutel nicht vertragen und nicht die beste Frau. Und die Geldbeutel der Eulenroder Bergbauern waren noch nie dick gewesen, wie auch ihre Ehefrauen keine Engel. So gab es Zwist und Ärger genug, und der Huckauf hätte bald den Sieg errungen und die Eulenroder Männer noch dazu gebracht, das dünne Bier und den verwässerten Schnaps des geizigen Wirts »Zur durstigen Kehle« zu trinken und damit dem Betrüger noch beizustehn. Aber da war der Schmied, ein gewaltiger Mann und ebensolcher Trinker, denn die Arbeit am heißen Schmiedefeuer macht großen Durst, und er war nicht gesonnen, auf seinen Trunk in der »Frischen Quelle« zu verzichten, bloß dem Huckauf zuliebe.

Er stampfte also trotz schlimmer Gerüchte auch weiterhin in der Dämmerung des Abends und in der Finsternis der Mitternacht ungerührt durch die Hirtenschlucht – bis auch ihm in einer dunklen Nacht, als er schwer geladen hatte, der Huckauf auf den Buckel sprang. Auch der

Gewaltige lief daraufhin entsetzt mit der doppelten Last eine kurze Weile bergauf und ließ sich rupfen und zupfen und knuffen. – Aber nur im ersten Schreck, dann erwachte sein Zorn. Er hatte sich noch von keinem piesakken lassen, warum also von einem windigen Gespenst? Und er griff mit den Schmiedspranken hinter sich, wo der Huckauf ihm am Rücken hing, pufte und knuffte nun seinerseits, und als das nicht gleich half, den Plagegeist loszuwerden, rumste er plötzlich mit seiner umfangreichen Rückseite gegen die steinige Bergwand, so daß der dazwischenklebende Huckauf schier zerquetscht wurde.

Der ließ daraufhin auch endlich des Schmieds Haare, in die er sich verkrallt hatte, fahren und schrie plötzlich schmerzvoll und mit Menschenstimme jammernd auf. Rutschte sofort vom Buckel seines Opfers und wollte sich, auf allen vieren krebsend, die Schlucht abwärts davonmachen. Aber da hatte er nicht mit dem erzürnten Schmied gerechnet. Weil dem die Kopfschwarte wegen der ausgerupften Haarbüschel noch empfindlich schmerzte, geriet er immer mehr in Rage, erwischte den fliehenden Huckauf eben noch beim Hosenbund und drosch auf den sich Windenden und jämmerlich Winselnden los, was die Fäuste hergaben.

Erst als das Gespenst mit der Stimme des Wirts von Eulenrode flehentlich bat, doch aufzuhören und sich nicht zum Mörder zu machen, hielt er inne und erfuhr zu seinem Erstaunen, daß der gefürchtete böse Geist ein Mensch war, und zwar der raffige Besitzer der »Durstigen Kehle«, der auf diese Weise die Eulenroder abhalten wollte, bei der Konkurrenz in Kehlbach ihr Bier zu trinken und den guten Schnaps.

Nach diesem Geständnis hätte der zornige Schmied am liebsten noch einmal angefangen mit seinem Strafgericht, aber der kreuz- und lendenlahme »Huckauf« bettelte so jämmerlich flehend um Gnade, daß jener abließ von dem Bündel Elend.

Doch als der Verprügelte am Ende auch noch um Schweigen bat und dem Schmied versprach, daß er dann zeitlebens bei ihm trinken könne, was und wieviel ihm beliebe, lachte der dröhnend und schrie: »Dein sauer Bier und deinen Wasserschnaps kannst du allein saufen. Ho – he, nein, alle sollen's wissen, du Lumpenhund, wer sie gepiesackt und gepeinigt hat, und es dir zurückzahlen mit Zins und Zinseszins!«

Nun, dies geschah in manchem Fall – und die Eulenroder pilgerten fortan, wenn der Durst sie plagte, ungehindert nach Kehlbach, um sich in der »Frischen Quelle« zu laben. Der Huckauf von der Hirtenschlucht aber verzog bald aus der Gegend, und niemand hat jemals wieder von dem bösen Gespenst etwas gehört – noch gespürt.

Worterklärungen

Abt	Vorsteher eines Klosters
Ächtele	gemeint ist ein Achtel, der achte Teil
Bader	veraltete Bezeichnung für Friseur, der früher auch als Heilgehilfe tätig war
Balsam	wohlriechendes, heilendes Gemisch aus verschiedenen Harzen und Ölen
Base	Cousine
Batzen	alte Silbermünze, etwa 4 Kreuzer; siehe dort
beinern	aus Knochen gemacht
Bergfried	früher der Hauptturm einer Burg
Beschließerin	veraltete Bezeichnung für Verwalterin, Wirtschafterin
Blatt	vorderer Rumpf bei Schalenwild wie Reh oder Hirsch
Bruder	hier: Anrede oder Bezeichnung für einen Mönch
Burgkaplan	ein Geistlicher
Deserteur	(französisch) Soldat, der sich unerlaubt von der Truppe entfernt hat
Eidam	veraltete Bezeichnung für Schwiegersohn
Gerechtsame	vererbtes Nutzungsrecht an einem bestimmten Grundstück
Gläubiger	Forderer von Schulden
Hunt	Förderwagen im Bergwerk
jach	schnell, ungestüm
Kreuzer	Silber- oder Kupfermünze von geringem Wert
Mündel	hier: unter dem Schutz eines Erwachsenen stehendes junges Mädchen, das noch nicht volljährig ist

Oheim veraltete Bezeichnung für Onkel
Rage (französisch) Wut, Raserei
Reff Rückentrage
roter Hahn Sinnbild für Feuer, Brand
Schaffnerin früher die Haushälterin, die Mägde und Knechte beaufsichtigte und das Haus in Ordnung hielt
Schinder auch Abdecker; er war für die Beseitigung verendeter Tiere zuständig
Schrein alte Bezeichnung für Schrank, Behältnis, Truhe
Schultheiß Dorfmeister, Gemeindevorsteher
schwarze Magie abergläubische Vorstellung von der Beschwörung böser Geister
Schweißfährte Blutspur
Schwester hier: Anrede oder Bezeichnung für eine Nonne
Söller hier: offener Turmumgang
Spinnrocken ein senkrechter Stab, um den das zu spinnende Fasergut herumgeschlungen ist
Steinrücke kleine Mauer am Feldrand; sie entsteht aus den Steinen, die vom Acker abgelesen wurden
Taler alte deutsche Silbermünze
Witfrau Witwe
zehnten den Zehnten abgeben; früher mußten die Bauern den zehnten Teil ihrer Ernte an den Gutsherrn abgeben

Inhalt

ISBN 3-358-00059-1

1. Auflage 1987

Lizenz-Nr. 304-270/36/87 – (20)
Reproduktionen: INTERDRUCK Graphischer Großbetrieb Leipzig
Satz, Druck und buchbinderische Verarbeitung:
Offizin Andersen Nexö, Graphischer Großbetrieb, Leipzig III/18/38
LSV 7518
Für Leser von 11 Jahren an
Bestell-Nr. 632 536 1
01240